真情蘋果派

一個蘋果派牽起一段真情

管家琪◎文

左萱◎圖

尋找寫作素材的祕訣

【二版序】管家琪

每次在學校和小朋友交流寫作經驗或是帶小朋友的寫作營時，小朋友總是會問：「管阿姨，你的寫作靈感都是從哪裡來？」這個時候，〈真情蘋果派〉經常是我很喜歡用來說明的一個例子。

我總是跟小朋友們說，作家寫作和小朋友作文的基本道理是相通的，首先要解決的就是「我要寫什麼？」這個問題，如果連想要寫什麼都還是一片茫然，談再多的所謂寫作技巧都是枉然，更何況寫作技巧本來就都是應該為真情實感來服務，只有在找到了素材之後，才可能接下來考慮「我該怎麼寫」？該用什麼樣的角度切入，該

用什麼樣的敘述方式，才能把這個素材詮釋、表達得最好？就好像要先採買了新鮮的菜回家，才可能來思考怎麼樣才不會把這些好的材料給煮壞了。

至於素材，或者說靈感，也絕不是呆呆的坐在書桌前空想就會有的，在我們真正提筆作文、或是打開電腦開始要打出第一個字之前，都是在為作文、為寫作做著多方面的準備，比方說，累積自己的詞彙和典故，也就是加強語文能力，但更重要的還是在於累積素材。如果把寫作這件事概分為「下筆前」和「下筆後」，那麼「下筆前」所花的心力時間絕對要大過「下筆後」。

說到這裡，我會拿出隨身攜帶的一個小本子給小朋友看，這是我已經持續了超過二十年的習慣，只要是出門，不管是跟小孩一起出去看電影、上館子、或只是買些日用品很快就回家，我的包包裡總是會有一個小本子，如果是在家，這個小本子也會一直跟著我，我在書房的時候就放在書桌上，在客廳時就放在茶几上，甚至睡覺時也都會放在床頭櫃上，便於我只要看到了什麼、聽到了什麼、想到了什麼，只要是心裡有那麼一點點被觸動的感覺，我就會趕快記在小本子上。這麼多年以來，我已經用過好幾本小本子了，在這些小本子裡所記下的點點滴滴，大部分後來都化成了作品，〈真情蘋果派〉就是其中之一。

多年前的某一天，我帶著當時都還在上小學的兩個兒子到一家速食店去吃飯，進去不久，發現那天的店裡有一點特別，多了一個「真心留言板」，旁邊還有一些貼條和筆，可以讓顧客自由拿來寫上一些真心話然後貼在那塊留言板上。當時，我馬上湊過去看，看到那些留言條上的字跡以及文句都很稚嫩，一看就知道是青春期的孩子們所寫的，看著看著我的腦袋裡彷彿有一個什麼東西亮了一下，於是趕緊掏出小本子把它記下來，後來又經過一段時間的醞釀，寫成了這篇〈真情蘋果派〉。

而在這本書裡頭的其他幾個短篇，靈感的獲得，過程也都很類似。總之，我始終相信，一個多情善感的人，只要平時多多觀察和留心，自然就會有寫不完的素材。

【二版序】真情永不愚蠢

管家琪

「代溝」這種東西，實在是非常奇妙。它是確實存在的。

比方說，我們這一輩的人，小時候看的是《靈犬萊西》，現在的小孩子看的是《哆啦A夢》；我們那時候的青少年，關於頭髮的煩惱必定是可恨的「髮禁」，現在的青少年則關心該染成什麼顏色；我們那時候的年輕人，普遍都還是習慣晚上臨睡前洗澡，現在的年輕人，據說則都是早上臨出門前才洗澡……。「代溝」，真是無所不在。

其實我一直覺得，不必否認代溝的存在，也不必試圖去「填平」，只要大家互相尊重就好了。

就好像關於愛情，識相的成年人絕對不要擺出一付「讓我來告訴你什麼是愛情」的姿態，年輕人才不會受教呢；有一首英文老歌不就是這樣的嗎？「他們試著告訴我們，說我們還太年輕，年輕得不會真的墜入愛河……」其實，只要是出於真心，都是非常可貴的，都應該受到尊重，而不是嘲謔。

這本書裡所收錄的幾個短篇，主要都在談年少情愛。我的基本態度就是尊重。許多人回首少年時期的戀愛故事，常會有「那個時候怎麼會那麼蠢」的感慨，其實我真的覺得，若以此時此刻去看待從前種種，或許是有點兒傻氣，但「真情」永遠不愚蠢。畢竟，這世間有太多的虛情假意。

順便一提，位於台北市內湖區德安百貨（編按：地址已改建為住宅大樓）一樓的「麥當勞」，我們全家是那裡的常客，那裡真的有一個「真心留言板」。〈真情蘋果派〉這個故事的靈感，就是從那裡來的。

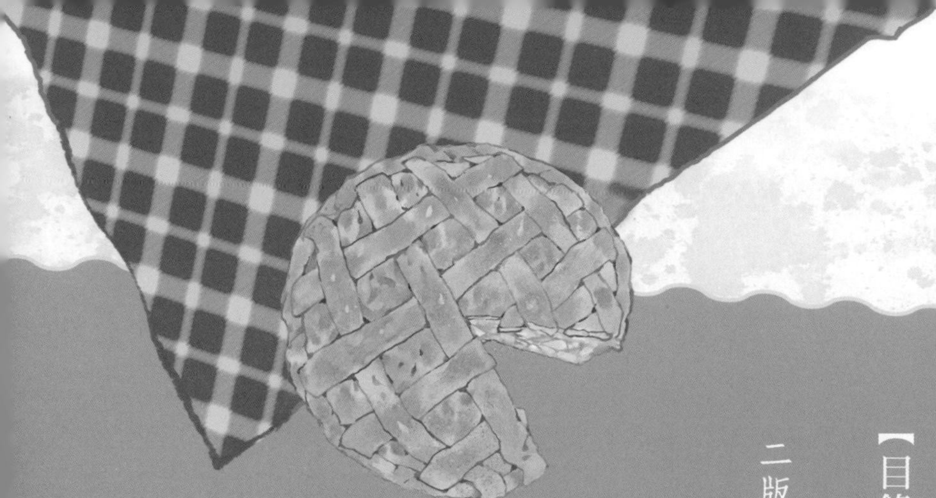

【目錄】

真情蘋果派

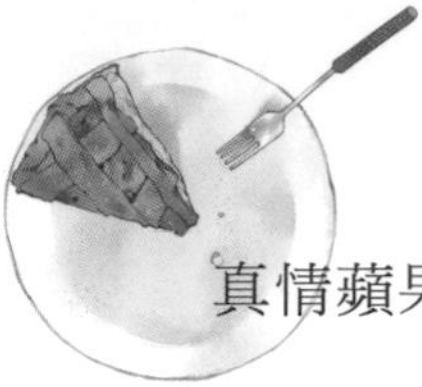

這家速食店有一個「真情留言板」，上頭總釘著一大堆肉麻兮兮的留言條。

因為就在住家附近，雅文三不五時就會來這家速食店坐坐，而只要不趕時間，她總喜歡站在「真情留言板」前面瞄一瞄，欣賞一下那些偉大的傻話，偶爾也在心裡偷笑一番。

今天，就在照例欣賞的時候，有一張留言條忽然令她怦然心動。

「喜歡吃蘋果派的女孩，我好想認識你。」

「蘋果派？」雅文心想：「好巧喔，我也喜歡吃蘋果派。」

可是，她可沒有那麼自作多情，以為這是寫給她的。

或者應該這麼說，活了十三歲，她至少已經學會了一件事，那就是一定要有自知之明。雅文很清楚自己雖然還不算醜，可也絕對屬於「相貌平庸」那一型，不大可能會讓人覺得「好想認識」。

再看一眼那張留言條，顯然是用鋼珠筆寫的，字倒是不錯。雅文一向喜歡字寫得好看的男生，不過，她覺得寫這張留言條的男生實在是太迷糊了，喜歡吃蘋果派的女生絕對不只一個，他寫得這麼簡單，這麼沒頭沒腦，他想認識的那個女生搞不好根本不知道這是寫給她的。晚上回到家，她把速食店裡這段小小的插曲講給姊姊聽，本想熱烈討論一番，沒想到姊姊剛聽完就嗤之以鼻的說：「你怎麼那麼無聊？還去研究人家什麼莫名其妙的留言條。」

雅文很不以為然：「這怎麼會無聊呢？」

想到有一個男孩已藉著留言條展開追求，想到或許有一個浪漫的愛的故事即將上演……想著想著，雅文就十分好奇，想知道這故事中的男女主角是長得什麼樣子？

這以後，雅文每次在「真情留言板」前逗留的時候，總刻意尋找上次那張留言條有沒有「續集」。

可是好奇怪，一直就沒下文了。姊姊說，上次那張留言八成是速食店的工作人員自己寫的，想促銷蘋果派。

「怎麼會這麼無聊！」這回輪到雅文使用「無聊」這個字眼了。

不過，三天之後，她在「真情留言板」上發現了一張新的留言條，令她深信姊姊的推論終究是錯誤的。

和上次那張留言條一樣，這張也是用鋼珠筆寫的，字也很好看，雅文有十足的把握敢肯定絕對是出自同一個人之手。

「喜歡吃蘋果派的女孩，今天我看到你跟他在一起，你們看起來好開心，令我的世界開始下雪……但是，我還是衷心祝福你。」

不同的是，這次的留言條多了一個署名——「失意人」，還有留言日期。

「我的世界開始下雪？這句話好熟呀。」雅文想了一會兒，「對了，這是張學友《吻別》裡的歌詞嘛——嗯，用在這裡倒挺合適的。」

看看留言日期——雅文突然眼睛一亮，不就是今天嗎！

就在今天，有一個多情的男孩，眼睜睜看著自己所愛慕的女孩和

另外一個男孩走進來，他們或許是用餐，或許只是用點心，女孩叫的點心一定是蘋果派；即使是用餐，她也可能多叫了蘋果派，反正只要加二十元，很便宜；然後，他們倆找了一個安靜的角落坐下來，邊吃邊聊，嘻嘻哈哈；絕對不是那種幾個死黨聚在一起的大笑大鬧，而是那種情人式的輕聲細語，痴痴傻笑；多情的男孩原本今天鼓足了勇氣想去向女孩自我介紹（搞了半天，上次那張留言果真是沒頭沒腦，那個女孩根本不知道嘛），總之，多情的男孩原本下定決心今天一定要和女孩互相認識，可是後來，當他看到他們在一起，而且看起來又那麼開心，他的美夢幻滅了，他的心——冷了，碎了；於是，即使明明是在炎炎夏日，他也感覺到濃濃的寒意，彷彿是置身於冰天雪地……

想到這裡，雅文不由得嘆了一口氣，為多情的男孩感到難過，因為他實在好可憐噢，人生對他實在是太殘酷了。

也不知道是從那兒來的勇氣和衝動，雅文迅速瞄了一下四周，幸好現在不是尖峰時間，店裡沒什麼人，更沒有人往「真情留言板」這裡瞧。雅文迅速把「失意人」的留言條拿下來，就近坐下來，寫上一行字：「失意人，不要難過，喜歡吃蘋果派的女孩還有很多。」寫完之後，又迅速朝附近瞄了幾眼，神不知鬼不覺的再釘回留言板，然後才假裝若無其事的樣子，回到自己的座位繼續看書。

看了半天，雅文突然驚覺自己根本什麼也沒看進去，腦袋裡還老是想著那張留言條，和那個「失意人」。

她後悔了，覺得剛才實在不應該那麼唐突，留下那麼可笑的一句話，真的，她愈想愈不敢相信自己怎麼會那麼無聊，居然在跟自己完全不相干的留言條上「加注」！

雅文想去把那行字塗掉，或者乾脆撕掉，反正，留言板上的留言條經常在換，沒人會去注意的。

可是——來不及了，靠近留言板的那一桌，來

了幾個男生，如果她這樣走過去，這麼明目張膽的「下手」，人家一定會把她當成神經病。

「怎麼辦呢？」雅文好發急，也好懊惱——算了，先去叫個漢堡吧，待會兒就要去補習了。

「我要5號餐。」雅文對櫃台前的服務員說。

「好的，」服務員露出一口白牙，笑咪咪的問：「要不要再來一塊蘋果派？」

「什麼？」雅文瞪著他，忽然，眼神一轉，注意到服務員手上拿的是那種寫出來的字會像鋼珠筆字跡的原子筆！頓時，雅文的眼睛瞪得更大了。

似乎是察覺到雅文的表情怪異，服務員又補充道：「蘋果派是剛

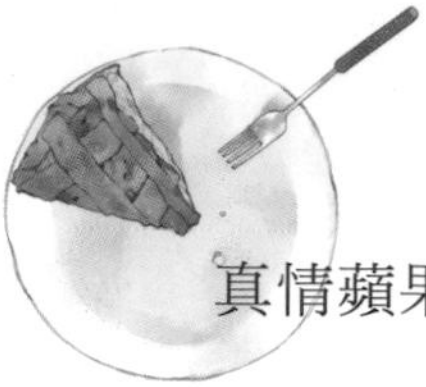

出爐的。你點我們的超值全餐，如果再加點蘋果派或玉米湯或是霜淇淋，只要二十元。」

他的神情明顯透露出不能理解的模樣——雅文何以一聽到：「要不要來一塊蘋果派？」就「如遭雷殛」似的。

雅文發覺到自己有些失態，覺得很窘，趕快轉移視線——那麼專注的瞪著人家，簡直像要把人家一口就給吞了。

「呃——好吧，來一塊蘋果派。」雅文低著頭，慌慌張張的從口袋裡掏出錢來。

服務員根據order，很快就一一拿齊了雅文點的所有東西。他在忙的時候，雅文忍不住偷偷打量著他，暗暗想著：「倒是還滿帥的……要是腿再長一點就好了……」想得自己都臉紅起來。

捧著餐點剛回到座位，雅文就覺得自己多點了蘋果派實在是失策；蘋果派現在實在是太敏感啦，萬一也有別人看到了那張留言條，誤以為她就是那個被愛慕的女孩子，或者馬上就聯想到她就是那個畫蛇添足的傻瓜，那多糗呀！咦——雅文的腦海忽然蹦出一個念頭，那個「失意人」會不會還沒走？會不會此刻還在店裡？

想到這裡，雅文不由得緊張起來。然而，環顧了半天——她甚至藉著上洗手間，把整個店裡都「巡」了一遍，可是，沒看到有什麼用鋼珠筆，或寫出來的字跡會像鋼珠筆那種原子筆的男生。也許，即使「失意人」現在還在店裡，他也想改用一般的原子筆了？他也覺得現在鋼珠筆太敏感了？

匆匆吃完東西，雅文一直朝「真情留言板」那裡張望著，想伺機

衝去「滅跡」。可恨的是，時間一分一秒的過去，那桌男生顯然短時間內還沒有要離開的意思，她的補習時間卻快到了。

雅文耐著性子，勉強又等了一會兒，她估計只要能順利「滅跡」，待會兒用跑的還來得及。

又過了幾分鐘……待會兒用衝的還來得及。

……不得了啦，現在她不但得連跑帶跳再衝，還得祈禱老師遲到了，她才趕得及！

雅文咬咬牙。「算了！」她把心一橫，決心不管了，先去補習要緊，要不然老師要是再跟媽媽打小報告，她的耳根又要受害了。

接下來好幾天，雅文因段考成績不佳，天天都被老師留下來，再從學校氣喘吁吁趕著去補習，中途都沒時間到速食店去。

等她再度走進這家速食店，差不多已經是一個禮拜以後了。

出於好奇心的驅使，雅文端著餐點剛坐下來，馬上又從位子上「彈」起來，跑到「真情留言板」前面，想看看「失意人」那張留言條還在不在？

結果，上次那張留言條不見了，卻出現了一張新的。

「好心的女孩，謝謝你的安慰。你是誰？我好想認識你。」署名是「知名不具」。

雅文幾乎是立刻聽見了自己劇烈加速的心跳聲！咚咚！咚咚！咚咚咚！跳得亢奮極了。

她突然想到了一件風馬牛不相及的事。以前，媽媽總喜歡聽一首老歌，裡頭有一句歌詞——「我聽見花開的聲音」，那時雅文總覺得很滑稽，覺得未免太誇張了，可是現在才發現那原來是有可能的；像剛才，她不是也聽到了自己心跳的聲音嗎？

她當然知道這位「知名不具」是誰，她更十分肯定這次的留言條是寫給她的。

幾乎只考慮了半秒鐘，雅文立刻就拔下留言條，再度「加注」——「好啊，怎麼認識？」

第二天，在她的「注」後面又有一行「PS禮拜天早上十點，我在這裡等你，我們都叫小杯可樂和一塊蘋果派。」

雅文一看完，立刻把留言條火速撕下，塞進口袋，迅速離開速食店。

她覺得好刺激，簡直像在拍諜報片一樣。

彷彿等了幾世紀那麼久，禮拜天終於到了。

不幸的是，這天早上似乎一切都很不順利。先是這個禮拜輪到雅文陪媽媽去採買未來一周的蔬果青菜，姊姊不論她如何要求都不肯跟她交換（雅文原想多留一點時間在家準備的）；到了超級市場，不知道是怎麼回事，今天的人潮似乎特別擁擠，媽媽和收銀員的動作又似乎都特別慢；好不容易心急如焚衝回家洗完頭，吹風的時候怎麼吹都吹不順……，總之，等雅文急得要命衝進那家速食店時，已經遲到了二十分鐘。

「我——我要一杯小可，還有——一塊蘋果派！」雅文點餐的時候都還在喘氣。

服務員轉身看了一眼食物架，溫文有禮的說：「對不起，蘋果派剛好賣完了，請您稍等一下。」

「等一下？」雅文焦急的看一下錶，她已經遲到二十二分鐘了，「要等多久？」

「大概三分鐘吧。」服務員有些奇怪的問：「您要外帶嗎？趕時間嗎？」

「我——我要在這裡用，可是——我很急。」

服務員的表情更不解了。有人會急著要吃蘋果派？連三分鐘也不能等？

雅文困窘極了，但還是硬著頭皮催促道：「麻煩你快一點。」

這時，另外一個服務員——就是上回有一口白牙的那個服務員靠過來，看著雅文說：「如果你不堅持非要吃剛出爐的蘋果派，我這裡倒是還有一個。」

雅文大喜過望，想也沒想，馬上一迭聲的說：「可以可以，隨便隨便！」

那人笑了一下。雅文又看了一次錶，二十三分鐘，等拿好東西端下去，差不多就二十五鐘了——遲到了二十五分鐘，希望「知名不具」還沒走——

服務員捧著餐點過來了，令雅文困惑的是，餐盤上竟然有兩個蘋果派，兩小杯可樂；啊，難道——

雅文緊張的盯著美齒先生，只見他慢條斯理的笑著說：「我還以為你不來了呢。」

搞了半天，原來還是他！

今天不是愚人節

是亞蘭提議要過愚人節的。

亞蘭一向是這棟大廈裡的「大姊大」，她的「爪牙」正規的有五、六個，後備的也有三、四個（就是那幾個念國小的小蘿蔔頭），總之，每次孩子們聚在一起，一討論要玩什麼的時候，常常都是以亞蘭的意見為主。

即將放春假的前夕，幾個孩子在中庭廣場碰頭，閒聊間，大家紛紛抱怨大好一個禮拜的春假，可恨天公不作美，天氣不好。氣象預報

說恐怕會天天下雨，一定哪裡也去不成、玩不了了，真討厭！

亞蘭忽然靈機一動。「不如我們來過愚人節吧，一定很好玩！」

「愚人節？」大夥兒一聽，都覺得很有意思。

於是，在四月一日愚人節之前那幾天，整棟大廈瀰漫著一股神祕、詭異的氣氛，大家都絞盡腦汁，想要設計出最絕的點子，讓別人上當。大家說好，愚人節當天晚上，要聚在亞蘭家開檢討會，比比看，看誰騙倒最多人。

四月一日一大早，電梯旁出現一張用圖畫紙寫的告示：「對不起，電梯壞了，請大家改走樓梯。」字寫得歪歪扭扭，「壞」還寫錯了，寫成了一個四不像的怪字。

亞蘭一看就笑了，這肯定是小威他們那幾個小傢伙做的，手法太幼稚了，有誰會相信啊？

正想著，管理員伯伯走過來也看到了，立刻一把撕掉，大罵著：「哪家的小孩子惡作劇，真是胡鬧！」

亞蘭不敢解釋說「我們今天在過愚人節」，趕快閃了。

經過考慮，亞蘭決定先找國小的那幾個小蘿蔔頭下手。

她買了早點回來，看到小威在中庭廣場騎腳踏車。

「小威！告訴你一個好消息，我剛才去買早點的時候，看到超商旁邊那家文具店貼了一張好大的海報，說『BB戰士』的組合玩具來了，還大特價！」

「真的？」小威高興得要命，毫不懷疑，「多少錢？」

「有好幾種啊！我也搞不清楚，你去看看就知道了。」

「好，我現在就去！」

看著小威急急忙忙跑走的樣子，亞蘭在心裡暗笑，「哈！這麼好騙，真是一個小笨蛋。」

小威剛走，小莉和小芬迎面而來。

「小莉，我剛才碰到你老師，她說現在才知道你上禮拜的病假是裝的，要求做家庭訪問！」

「啊？」小莉嚇了一大跳，「老師怎麼會知道？」

「這我也不知道啊，反正她現在正在買水果，馬上就要進來了，你還是趕快先回家吧，別在這裡玩了。」

「喔，我不玩了！」小莉驚慌失措的把原本抓在手裡的跳繩一把

塞給小芬。

說完，轉身就跑。亞蘭在心裡又暗笑一下，她知道小莉最怕班導了。

「亞蘭姐，你有沒有騙人？」小芬仰著頭看著「大姊大」，小臉有一點狐疑。

「當然沒有。」亞蘭一臉無辜，卻在心裡接了「才怪」兩個字。

「對了，剛才管理員伯伯告訴我，他撿到你昨天搞丟的芭比了，叫你等一下去找他拿。」

「哇，太好了！」小芬樂壞了。

回到家不久，亞蘭撥了一通電話給樓下的皓皓。

「請問你是林正皓小朋友嗎？」

「我就是。」

「恭喜你！我這裡是『卡通頻道CARTOON NETWORK』，謝謝你參加我們的抽獎，並且恭喜你抽中一隻在市面上買不到的精美卡通錶！」

「真的？太棒了！」皓皓歡呼起來。

「你這兩天就會收到的，謝謝你的愛護。」

「謝謝！謝謝！」皓皓簡直快樂瘋了。他和小偉都參加了抽獎，兩個人已經嘮叨了好久，都好希望抽到那隻卡通錶。

想到這裡，亞蘭又撥了另一通電話給小偉，用同樣的手法把小偉也唬了一頓。

放下電話，亞蘭舒舒服服的把腳擱在茶几上，盤算著，幾個小蘿蔔頭已經全部殲滅，哈哈，太簡單了。

接下來，該去處理秀英、詩婷、佩君她們幾個，要把她們擺平可能沒那麼容易。

其實亞蘭已經想到好幾個方案，但是還沒有決定到底該用那一招？愚人節嘛，開點小玩笑應該無傷大雅，可是如果玩笑開得太過分，那就不好了。比方說，如果她騙秀英，說她媽媽要來看她，秀英一定會相信的，因為自從去年秀英的爸媽離婚後，秀英就難得看到媽媽，亞蘭知道秀英一直很想念媽媽；又比如，要是她告訴詩婷，說張耀忠想約她出去玩，她也一定會信的，因為詩婷一直在暗戀耀忠……不行不行，亞蘭不自覺的搖了搖頭，像這樣的玩笑都太殘忍了，如果她開這樣的玩笑，實在有損她「大姊大」的風範。

那——該用什麼辦法才能搞定呢？說郭富城要到咱們的社區附近來拍MTV嗎？還是某電視台節目寄來錄影參觀券？這些招數會不會太老套啦？會不會一下就被識破了？

……

正想得出神，忽然，電話響了，把亞蘭嚇了一跳。

「請問是程亞蘭同學嗎？」一個怪裡怪氣的聲音，有點耳熟。

「我就是。」

「恭喜你！你的徵文入選了！」

「不對吧？不是五月一號才公布？」

「啊——」電話那頭呆了一秒，又掙扎著想要力挽狂瀾，「因為你寫得太好了，所以我們一看完，就決定讓你入選了——」

哈，亞蘭聽出來了。「少來啦，死佩君，別騙我了，我知道是你。」

佩君大笑起來。「哇，你怎麼那麼厲害？你不覺得我的聲音裝得很成熟嗎？」

「太做作了，成熟的聲音哪會是這樣。」

打發掉佩君，亞蘭站起來，剛想到廚房去倒果汁，電話又響了。

「請問——程亞蘭同學在不在？」這回的聲音聽起來更怪。

亞蘭決定要小心應付。「我就是。」

「呃——很冒昧打電話給你，我是你補習班的同學，我叫盧信智。」

「盧信智？沒聽過。」亞蘭覺得自己簡直是帥透了。

「啊——」電話那頭沉默了一會兒，才解釋道：「我是剛參加的。」

「有什麼事？」亞蘭酷酷的問，還擺出一副「大姊大」的樣子指教道：「你可不可以不要捏著嗓子講話？自然一點嘛，這樣聽起來好假，好難受。」

「啊，對不起——可是我的聲音就是這個樣子，我正在變音。」

「變音？」亞蘭忍不住笑了起來，心想，這傢伙的反應還滿快的，只是——為什麼她聽不出來到底是誰呢？

她一定要讓他再多說幾句話，就像電影裡那些警察，故意讓歹徒多講幾句，好爭取時間追蹤到歹徒的所在位置一樣。

「好吧，我就姑且相信你是變音好了。」

「我為什麼要騙你？」

亞蘭心想，好哇，這傢伙疑惑的口氣倒是裝得挺自然的。

「算了，別講了，趕快說吧，有什麼事？」亞蘭冷冷的問道。

「對不起，你是不是正在忙？還是正要出去？我可以晚上再打來——」

「不用了，有話就快講吧。」亞蘭本來還想說「有屁就快放」，想想實在不太雅，就忍住沒說。

「喔——是——是這樣的——」

「快講啊。」亞蘭裝出一副不耐煩的樣子。

電話那頭又沉默下來。「算了，你這樣催我，我講不出來。對不起，打擾你了。」

說完，就掛斷了電話。亞蘭覺得莫名其妙，搞了半天，什麼也沒說，這算是哪門子的惡作劇？

心裡正嘀咕著，那傢伙又打來了。「不行，這樣我不甘心，我發誓一定要打電話給你的——我想請你看電影，你明天下午有沒有空？」

「明天？哈哈，我們不是說好今天晚上就要開檢討會的嗎？」

「檢討會？什麼檢討會？」

「別裝了，雖然我還是聽不出來你是誰，不過我絕對不會上當的。」

「你到底在說些什麼呀！我怎麼一點也聽不懂？算了，反正明天下午兩點，我在補習班旁邊那家泡沫紅茶店等你，就這樣了，再

見！」

掛了電話之後，亞蘭還朝著話筒做了一個鬼臉，「哼，傻瓜才會去呢！」

這天晚上的檢討會，亞蘭真是戰果輝煌，所有的人都被她騙倒了，不過，詩婷抱怨亞蘭騙她下午要停水，害她接了半天水實在太過分。

「好啦，」在大家都招認完所有罪行之後，亞蘭得意洋洋的問：「現在可以告訴我上午究竟是誰打電話給我了吧？還是有人託別人冒充打來的？」

「是我呀，」佩君奇怪的問：「不是當場就被你拆穿了嗎？」

「不，是在你後面才打來的那一通。」

大家面面相覷。

「差不多是在九點那時候打的。」亞蘭提醒著。

還是沒有人承認。

「快講啊，」不知道為什麼，亞蘭有點急了，「愚人節已經結束了呀。」

「那通電話說了些什麼？」秀英問。

「說——要請我看電影——」

亞蘭話還沒說完，大夥兒已經爆笑開來，只有小威還傻愣愣的問：「是男生還是女生？」

「笨蛋，一定是男生嘛，」秀英說：「要不然亞蘭現在才不會這麼急！哈哈，好可惜喔，難得有一次豔遇，一定已經被亞蘭罵跑

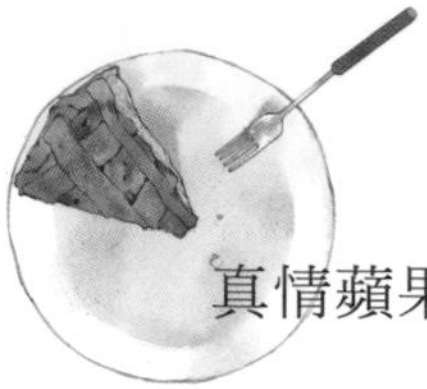

了。」

大夥兒嘻嘻哈哈的笑鬧不休。

亞蘭面紅耳赤，氣呼呼的嚷著：「好哇，真過分！到現在還不承認？好，要是被我抓到了，我一定不會輕易饒他的。」

散會之後，亞蘭什麼事也做不下，晚上也睡不著，始終在想著上午的那一通電話。

「難道——難道是真的？真的有人要請我看電影？」亞蘭懊惱的想著，後悔不已；秀英說得沒錯，難得有一次豔遇，居然就這樣莫名其妙的砸鍋了……唉，當時她真該沉住氣，讓那傢伙好好講清楚嘛，幹麼要那麼一副咄咄逼人的樣子？

轉念想想，亞蘭又不確定了。她知道自己長得不算很漂亮，向來也沒有什麼男生緣，會黏著她的都是像小威、皓皓和小偉那樣的小男生，她實在不太敢相信，真的會有男生注意她？還要請她看電影？

努力回想那傢伙好像說他叫什麼——盧什麼信？還是盧什麼智？補習班有這號人物嗎？

不對，一定還是一場騙局；亞蘭心想，搞不好還是他們幾個聯合起來騙她的。好過分，明明說好愚人節已經過完了，還不承認，還要這樣讓她猜來猜去，真是可惡極了！

「明天下午兩點，我在補習班旁邊那家泡沫紅茶店等你……」亞蘭記得那傢伙掛斷電話之前是這麼說的。

「哼，白痴才會去。」亞蘭斬釘截鐵的想。

第二天，她還是冒雨去了。實在是太好奇了，不去證實一下真不甘心。

一路上，她像作賊似的東張西望，生怕被秀英他們跟蹤。她一定得裝作是若無其事，碰巧經過那家泡沫紅茶店才行，這樣即使他們騙她——亞蘭明知百分之九十九的可能性一定是如此——她「大姊大」的顏面才不會太難看。

亞蘭在一點五十分的時候走進泡沫紅茶店。店裡有好幾桌客人，但都是一夥一夥的，沒有單獨一個男生的——奇怪，亞蘭心裡忽然有一種說不出來的失望。

過了十分鐘，失望轉為憤慨——開這種玩笑，真是太過分了。

又過了十分鐘，兩點十分了——憤慨轉為悲哀——亞蘭簡直不敢相信，自己竟然真的這麼笨，笨到會相信這麼荒唐可笑的事！

她再也坐不住，站起來往外走，心裡充滿了自憐；亞蘭難過的想，大概也算是她活該吧，誰教她提議要過什麼愚人節，還把大家唬得團團轉……唉，真是報應。

剛走出店外，迎面差點撞上一個急急忙忙往裡衝的男生，那個男生一看到亞蘭就叫起來：「對不起，我遲到了！」

一聽到他的聲音，亞蘭立刻就臉紅了——應該說她立刻就認出來了——這一定就是昨天打電話來的那個傢伙！

「原來——你真的在變音呀。」亞蘭說，此刻她真有說不出來的高興和欣慰——總算沒有白來，總算不是一個玩笑！何況——這傢伙看起來還不討厭哩。

「我就說我幹麼要騙你嘛。」男孩笑著，「我還真擔心你不會來呢。」

兩人重新坐定之後，亞蘭當然很快就把昨天大家過愚人節的事告訴這個叫盧信智的男孩。

盧信智聽了大笑。「怪我運氣不好，不過你也真是的，我明明說是要今天請你看電影的嘛，今天又不是愚人節。」

亞蘭也笑了。「是啊，今天不是愚人節。」

停電的那一晚

說實話，珊珊原本對高森的印象並不怎麼樣。

高森是高潔的哥哥，雖然只比高潔大兩歲，感覺上卻像是另外一個世界的人。珊珊在高潔家見過他幾次，他都是一副陰陽怪氣的樣子，沒什麼表情，也不大愛講話。珊珊和他對話過幾次，他的回答都只有一個字。

比方說：「請問高潔在不在？」

他一定只說「在」，就把門推開，逕自往裡走，從來不說「請進」；或是就直接把電話筒擱下，從來不說「請稍等」。

第一次來高潔家，高潔剛巧由媽媽陪著從醫院回來，歪歪的靠坐在沙發上。

「我是高潔的同學，導師叫我來看看高潔，告訴她作業。」珊珊在門口跟高媽媽報告。

「請進請進，」高媽媽笑容可掬的把珊珊拉進來，「謝謝你啊，我們才剛到家呢。」

高媽媽回頭朝客廳那兒喊了一聲：「森森啊，幫小潔同學倒杯果汁吧。」

珊珊這才注意到，有一個男孩從一張躺椅上站起來——他剛才想必是躺得太舒服了，以致珊珊站在玄關根本看不到他，他看了珊珊一眼，就朝餐廳走去。

「嗨，」高潔懶洋洋的招呼著珊珊，「來這裡坐。」

珊珊剛坐下，高森端了一杯柳橙汁過來，放在珊珊面前，什麼也沒說，就坐下來繼續看電視。

「我哥。」高潔跟珊珊說。

高森這才又回過頭來，看了珊珊第二眼。「嗨。」

「這是我同學，林珊珊，我們的班長。」高潔向哥哥介紹。

「喔。」高森只這麼說。

這時，高媽媽過來了。「森森啊，你是不是看很久啦？別光只是看電視喔，要用功啊。」

「喔。」高森還是只應了這麼一個字，根本無動於衷。

珊珊本來覺得很奇怪，為什麼高森這麼早就可以放學，後來才知道，原來他在補習班念國四。

高潔是這學期剛轉來的轉學生，身體不大好，老生病，每次一請病假，導師常會要身為班長、住得離高潔家又近的珊珊過來看看。

珊珊很快就和高潔熟了起來，她覺得高潔又斯文又有禮，待人很親切，和她哥哥真是有好大的不同。

有一次，珊珊忍不住對高潔說：「我覺得你哥哥好奇怪。」

「怎麼個奇怪法？」高潔笑咪咪的問。

「他好像很喜歡耍酷？怎麼都一副冷冰冰的樣子，都不說話？」

高潔笑了起來。「我告訴你一個小祕密——哎呀，不行，如果我哥知道我告訴你，他會掐死我的。」

「什麼祕密呀？快說啦。」珊珊好奇得要命。

「其實也沒什麼，我哥有點口吃啦。」

「難怪！」珊珊恍然大悟，「所以他才不大愛說話？」

「是呀，其實我哥人很好的，就是跟我爸處得不太好。我爸總說

哥讓他傷透腦筋。」

「因為他功課不好？」

「那當然，除了這個還會有什麼原因？我爸總說我哥很聰明，就是不肯用功。」

珊珊覺得有點同情高森起來——一個人聯考落榜，不受父親喜愛，還有口吃的毛病，難道還不值得同情嗎？

這天晚上，一吃過晚飯，珊珊就來到高潔家。今天倒不是為了探病，而是為了做壁報。

高伯伯和高媽媽都出去了，只有高潔和高森在家。高森正在看影片。

「你先坐一下，我進去拿剪刀、膠水那些東西。」高潔說完，就把珊珊留在客廳。

珊珊看了一下酷酷的高森，搭訕道：「你好像很喜歡看影片？」

「嗯。」

「這個片子是講什麼的？」

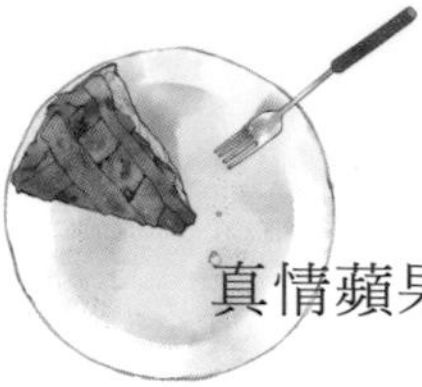

「謀殺。」

珊珊眼睛一亮，心想：「嘿，真難得，他居然講了兩個字。」

她看看還是沒什麼表情的高森，忽然興起想要捉弄他的念頭。

「謀殺啊？是什麼樣的謀殺？」珊珊指指螢幕上那個戴鴨舌帽的男子，隨便亂問：「這是誰？是好人還是壞人？」

她存心想逗他多說兩句，但是，他根本不理她，死死的瞪著電視，像沒聽見似的。

珊珊不死心，又追問一次：「拜託，告訴我好不好？」

高森忽然轉過頭來，氣呼呼的瞪了她一眼。「No way!」

好傢伙，他居然悍然拒絕，還用英文；原來他說英文不會結巴。

珊珊一下子覺得又窘又無趣。她覺得自己真是無聊透了，幹麼要去惹他呢？

幸好這時高潔跑出來了。「珊珊，我想我們還是到我房間裡來做好了，拿資料比較方便。」

「好啊。」珊珊不敢再看高森，立刻跳起來逃之夭夭。

做壁報的時候，珊珊一直有些心不在焉。憋了好久，珊珊再也忍不住了。

「噯，我跟你說，你哥剛才好像在氣我。」

「他幹麼要氣你？」

「我——我也不知道怎麼搞的，忽然想惡作劇，想聽他結巴，就故意要他告訴我那個影片的劇情，結果他好凶的說『No way!』」

「哈哈，你活該嘛！」高潔笑道：「我哥最討厭人家笑他結巴

了。」

「我當時也不知道是哪根筋不對，我現在好後悔。」

看珊珊那麼懊惱的樣子，高潔好心安慰道：「放心啦，這只是小事一樁嘛，我跟你保證，我哥現在一定早就忘了——」

高潔的話還沒說完，忽然，停電了！

「哎呀！」高潔和珊珊都不約而同叫了起來。

外頭傳來高森的聲音。「妹，不——不怕。」

黑暗中，高潔促狹的對珊珊說：「現在你聽到了吧？他只要超過三個字就會結巴。」

奇怪的是，珊珊此刻倒一點也不覺得高森的結巴有什麼好笑。她覺得高森對妹妹真好。

高森進來了。

「哥，你知道蠟燭或手電筒放在哪裡嗎？」

「不知。」

「你先站在那裡別動，我房間很亂，我先把窗簾拉開一點好了——哎喲！」高潔不知道撞上了什麼東西。

她摸黑來到窗邊，拉開了窗簾。可惜今晚沒什麼月光，所以，拉開窗簾也沒用，室內還是一片昏黑。

過了一會兒，三個人的瞳孔自動調節，總算比較適應了。

「真討厭，不知道什麼時候電才會來？」高潔抱怨著。

「不知。」高森還是這麼說。他一說，兩個女孩都笑起來。

「對不起，我不是故意的。」珊珊一笑，立刻就意識到有些不

妥，趕緊道歉。

這回，高森倒沒有生氣。昏暗中，珊珊甚至覺得看到他在微笑，這可真難得！他也會笑？

「無妨。」高森說。

又等了一會兒，電好像沒有立刻要來的意思。

「哎呀，好無聊喔，」高潔叫著：「我們來做點什麼吧，來講鬼故事好了。」

「不要！」珊珊反對。她最膽小了。

「那說笑話？」

「一時哪想得到什麼笑話？」

「總要做點什麼吧？哥，你說呢？」

高森沒搭腔，倒是從口袋裡摸出一個東西，湊到嘴邊。一陣樂音輕柔的響起。喔，原來他會吹口琴。

珊珊聽不出來他吹的是什麼曲子，只覺得非常好聽。

吹完了，高森說：「月

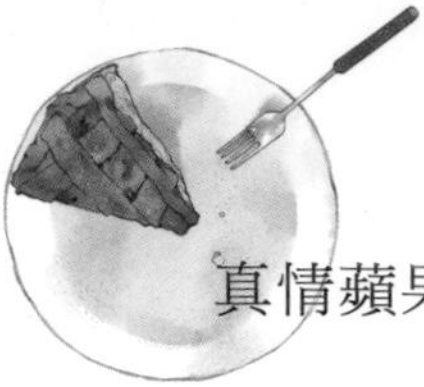

——《月光曲》，貝——貝多——芬的。」

「真好聽」珊珊由衷讚美著：「你再吹一次好不好？」

「好。」高森又吹了一次。

珊珊一邊聆聽，一邊想著：「這人真有意思。」她一向對於會玩樂器的人特別有好感，因為她一直很想學會某一種樂器，可是爸媽總說會影響功課，從不讓她學。

「我哥哥可是多才多藝的。」高潔說。

珊珊完全相信。

在這停電的晚上，她已經對高森來電啦。

有那麼幾秒鐘，珊珊真心希望電最好晚一點再來；她覺得現在的氣氛真是好極了。

遺憾的是，高森並沒有同時對她來電，這讓珊珊覺得很不好受。

高潔倒是曾經自告奮勇的問過高森。「哥，你為什麼不喜歡珊珊？」

高森不語，似乎是在考慮該如何措詞。「She's too good to

me.」

「拜託，聽起來亂虛偽的，」高潔吐吐舌頭，「人家珊珊都說，她可不嫌你口吃，也不嫌你是國四——」

「真的？」高森睜大眼睛，卻看不出有什麼驚喜的樣子。

「當然是真的，其實——」

不料，高森還不待妹妹說完，就已冷冷吐出一個字打斷了她——

「屁。」

他說這個字的時候，臉上還是沒有什麼表情；心裡倒是挺氣，氣珊珊居然還敢說什麼嫌不嫌。

「這個自以為是的傢伙！」高森心想。不過，他才懶得跟她或跟妹妹說這麼多呢，雖然只比他小兩歲，感覺上她們卻像是另外一個世界的人，都太孩子氣了，居然還會來問為什麼喜歡誰、又為什麼不喜歡誰這樣的傻問題。

他想，以後珊珊一定不會再常來家裡了。在停電的那一晚，即使曾經有過短暫的美好的感覺，現在也早已消失無蹤了。

星座少女的星座日記

三月四日　星期一　幸運事物：縫紉用具、小磁鐵

你將擁有強烈藝術氣息的一天。多接觸需要耐心的手工藝，會有不同的體會。若是有空，不妨拿起針線，隨意縫點什麼，一定很有意思。會收到一件意外的禮物，很有可能會是一件新衣服。

媽媽下班回來，發現美芳自己在縫鬆落的鈕扣。

「喲，」媽媽故意誇張的說：「今天是什麼日子呀？居然自己縫起衣服來了？」

美芳本來想說：「因為我今天才發現，縫紉用具是我今天的幸運物呀。」

但是她沒說。反正媽媽和姊姊一樣，從來就不信星座書上所說的

事。

媽媽倒很聰明，很快就猜到了。

「我知道了，」媽媽笑著說：「一定是星座書叫你今天要縫衣服，對吧？」

「哇，媽媽，你真神耶——哎喲！」一不小心，美芳的手被針給扎到了。

「星座書沒叫你小心一點嗎？」媽媽湊過來看了一下，確定沒

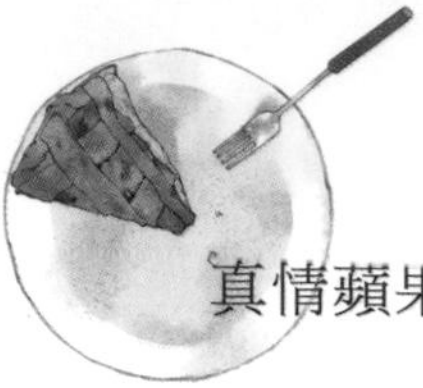

什麼事以後又說：「對了，星座書有沒有說，你今天不妨也幫忙洗洗碗、洗洗衣服、拖拖地之類？」

「沒有。」美芳十分肯定。

「喔，真可惜！你都念國一了，也該幫忙多做點家事啦。」媽媽一副非常失望的樣子，「那就請你順便把姊姊那件格子襯衫的鈕扣也縫一下吧。」

「我才不要，我只要縫我自己的。」

說著說著，姊姊也回來了，拿了一件T恤，一進門就問美芳：

「嗳，這件T恤你要不要？」

美芳立刻跳起來，大喜過望。「要！謝謝，太棒了！」

姊姊似乎被美芳熱情的反應嚇了一跳，反而不好意思的說：「沒什麼啦，只不過是蠟染課做壞的功課。」

「不會呀，」美芳還是十分歡喜的捧著T恤又蹦又跳，「我覺得很漂亮呀。」

三月五日　星期二　幸運事物：鮮花、玻璃杯

心中有夢是多麼美好的事，勇於肯定自己的感覺吧！不過，也要有心理準備，追夢的過程是辛苦的，一定會遭遇不少磨難。今天或許有些孤單，但是，心中有夢的人一定懂得如何忍受寂寞。

晚上媽媽加班、姊姊約會，美芳一個人吃了一大碗的泡麵當晚餐。

吃完晚餐，她把玻璃櫃裡頭那組漂亮的高腳玻璃杯拿出來，一個一個小心翼翼的擦乾淨。不小心打破了一個。

十點不到，肚子就餓了。美芳翻遍了冰箱，對那些琳瑯滿目的冷凍食品、微波食品，實在提不起胃口，正在考慮要不要再弄一碗泡麵，謝天謝地，媽媽回來了，更棒的是，媽媽還帶了消夜回來，是美芳最愛吃的魷魚羹。

三月六日　星期三　幸運事物：香水、髮帶

若和朋友或男友討論讓你困惑的事，會得到不錯的意見，要虛心接受別人的批評，才能夠精益求精，更臻完美。當然，若是面對惡意的攻擊，則一定要有信心，並且堅持立場，據理力爭。

早自習時，為了「黎明到底會不會來台灣開演唱會」？美芳和小薇嘰嘰喳喳討論個沒完，雙雙被風紀股長記下了名字。

第二節下課時，大寶無聊兮兮的湊過來問美芳、小薇和妮妮：「為什麼玉兔會跟著嫦娥飛上月宮？」

「哎呀！」三個女生不屑的叫起來，「老掉牙的題目！因為嫦娥有蘿蔔腿嘛，誰會不知道？」

「是嗎？恐怕只有你們三個知道吧！」

「怎麼會呢？」

「因為你們三個也是蘿蔔腿嘛！哈哈！」大寶說完這句惡毒的話，囂張的笑了幾聲就跑走了。

「好哇，敢笑我們！」三個女生氣忿的衝著大寶的背影痛罵，「臭大寶！死大寶！你給我們記住！」

「算了，別理他，」美芳先「鎮定」下來，「反正我們又不是真的有蘿蔔腿。」

「對，就算有也不關他的事！」小薇說：「我也覺得我們沒有。」

妮妮說：「本來就沒有，這還用問，只不過咱們的小腿肚都有一點點壯就是了。」

下午第一節下課時，坐在美芳旁邊的「小黎明」——就是張家明啦，突然問美芳：「考你一個問題，為什麼沖天炮射不到星星？」

「因為星星會『閃』。」美芳說。

「啊，」張家明的表情有一點兒失望，也有一點兒尷尬，「你聽過了？」

「是啊。」美芳本來想說，這是《腦筋急轉彎》上面的題目嘛，大家都知道的，但她脫口而出的卻是：「我也常常考別人這一題，太好玩了。」

聽她這麼說，張家明露出了寬慰的笑容。

這一笑，令美芳一下午都好有精神，心情也特別好，連回家發

現大廈的電梯故障，必須爬上十樓時也沒有太多的抱怨，只是有點擔心，爬了十樓，不知道小腿肚會不會更壯？

三月七日　星期四　幸運事物：萬年青、鉛筆盒

運勢稍稍上升的日子，如果有旺盛的必勝決心，就可以所向無敵。如果希望心想事成，及早做周密的規畫是很必要的。

美芳一早起來，主動替家裡各個角落的萬年青都加了水。

吃早餐時，美芳問媽媽：「我覺得我們餐廳看起來不夠亮，要不要重新粉刷一下，換一種顏色？」

「再說吧。」媽媽打了一個大呵欠。

「這禮拜天我有空耶，也許我可以幫忙來粉刷。」美芳熱心的說。

「這禮拜天不行，我們要去小阿姨家。」

「可是——」

「你那麼熱心幹麼呀，今天不是要考好幾科嗎？趕快把牛奶喝完，去學校吧。」

「今天我不想喝牛奶了。」

「為什麼？」

「以後我想改喝脫脂的，我覺得我太肥了。」

「亂講，你怎麼會肥？你現在還在發育，還是需要脂肪的，脫脂奶粉是給像我這個年紀的人喝的。」

「那，」美芳還想討價還價，「可不可以讓我以後一三五喝全脂，二四六喝脫脂，禮拜天不喝？」

「再說吧，」媽媽看看時鐘，「你快走吧，再不走就要遲到了。你今天要考幾科？」

「五科，還沒有破紀錄。」

「看你的樣子好像挺輕鬆的？這麼有把握呀？」

「因為我有念啊，而且，我今天的幸運物是鉛筆盒呀。」

「又來了。」媽媽做出昏倒狀。

三月八日　星期五　幸運事物：披薩、鑰匙

覺得壓力很大嗎？適度的放鬆一下自己吧。但是也別放鬆得太過分了。記住，「休息是為了走更遠的路，不是要你永遠躺下」。

昨天晚上，媽媽對美芳和姊姊說：「明天是三八婦女節，雖然爸爸出國，我們晚上還是一起出去吃個飯吧，自己慶祝一下。」

「媽，前幾天我那首童詩登出來的時候，你也說要慶祝一下，還沒兌現呢。」姊姊說。

「啊——對不起，媽最近實在太忙了，那就明天晚上一起慶祝吧，好嗎？」

「也好。」姊姊很爽快。

「我想吃披薩！」美芳叫起來。

「你不是說你不愛吃披薩了嗎？」姊姊奇怪的問。

「我現在又愛吃了嘛。」

「好吧，」姊姊誇張的大聲嘆了一口氣，「我還以為可以去吃大餐呢。」

「披薩也算是大餐呀。」美芳抗議道。

所以，這天晚上母女三人真的去吃披薩了。回到家，美芳覺得自己吃得太多，又跳上媽媽的健身腳踏車去拚老命，還跳了十五分鐘的韻律舞。

三月九日　星期六　幸運事物：香水、牛仔衫

交友運勢非常強，但是千萬不要急，太急了反而會弄巧成拙喔。

終於等到周末了，美芳穿著牛仔衫，配上牛仔裙，和小薇、妮妮一起去逛街和看電影。

在電影院等進場的時候，有三個酷酷的男生突然走過來搭訕。

「嗨，請問你們是哪一個學校的？」

一問之下，原來是同一個學校的，大家都說，難怪覺得有點面熟。三個男生原本想約美芳她們看完電影後一起去打保齡球，可是

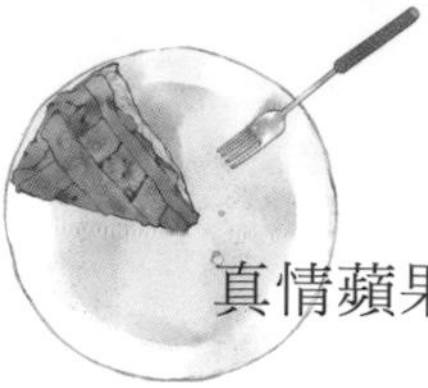

因為妮妮還有事，三個女生便決定還是同進退，看完電影後就一起閃了。

回家的路上，美芳順便到巷口的錄影帶出租店去拿媽媽預約的《絕命追殺令》（哈里遜福特是媽媽的偶像），和姊姊預約的《漫步在雲端》（基諾李維是姊姊的偶像）；這是方才打電話回家時，媽媽交辦的任務。

美芳雖然也愛看電影，倒沒有特別喜歡、可以稱之為「偶像級」的明星。美芳的偶像是「四大天王」之一的黎明。

晚上，美芳一直熱中於討論跟香水有關的話題。比方說：「為什麼香水的名字都取得那麼奇怪？」

三月十日　星期日　幸運事物：手帕、青椒

長輩的期望太高，可能會讓你不開心，不過，只要多想想他們畢竟總是為你好，或許就可泰然面對了。

母女三人一早就到了小阿姨家，度過了還算愉快的一天——唉，在那樁意外發生之前，真是挺愉快的；尤其是當美芳替小表弟剛拚好的模型飛機上漆的時候，小表弟還那麼崇拜她的樣子，誰知才過五分鐘，美芳一不小心，竟然把模型飛機掉到了地上！精細的小飛機當場粉身碎骨，小表弟立刻翻臉大哭……唉，接下來就別提了吧。

為了這件事，媽媽把美芳好好數落了一頓，連前幾天美芳打破高腳玻璃杯的「前帳」也一併清算。

「人家又不是故意的。」美芳委屈的想。

晚上，美芳一直悶在房裡不出來，媽媽以為美芳一定是為了在小阿姨家挨罵的事還在生氣，特別派姊姊去疏通。

姊姊來敲美芳的房門時，一心還以為等門開後，會看到一張沮喪、懊惱的臉，沒想到，美芳居然笑咪咪的，看起來心情很好的樣子，令姊姊十分意外。

「姊姊，真靈耶！」

姊姊一頭霧水。「什麼真靈？」

其實美芳本來並不想告訴姊姊的，但是因為太高興了，一見到姊姊就脫口而出；美芳心想，既然都已經開了頭，索性就說了吧。

「我是說，星座書好準、好靈啦。」

「又是星座？」

「是真的，」美芳拿出自己的「星座日記」，「這一個禮拜我仔細對過了，真的都很符合耶，你不信的話，你自己看。」

姊姊果真把美芳的寶貝日記接過來，仔細的看。

「根本沒什麼嘛，還不都是牽強附會，隨你要怎麼解釋。」

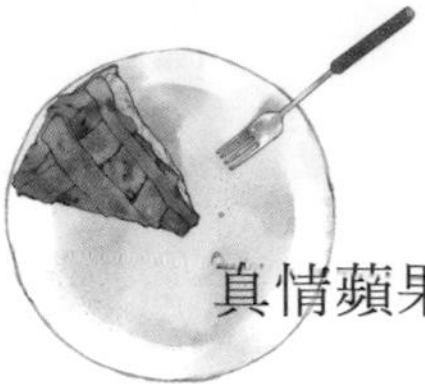

姊姊看完以後，還是抱持與以往相同的態度。

「怎麼會呢？」美芳見姊姊如此固執，急著又解釋了一大堆。

姊姊再看一遍，忽然笑了起來。

「你笑什麼呀？」美芳有些不滿。

「我忽然想到有一首兒歌也很適合用來描述你這一個禮拜的生活。」姊姊說：「你不信的話，我念給你聽。」

姊姊開始念了。

「星期一，猴子穿新衣；

星期二，猴子肚子餓；

星期三，猴子去爬山；

星期四，猴子去考試；

星期五，猴子去跳舞；

星期六，猴子去斗六；

星期七，猴子刷油漆……」

「什麼！」美芳氣惱的說：「根本不通嘛！」

「怎麼會不通，通得很哩，我來解釋給你聽。星期一，我不是送你那件蠟染的T恤嗎？星期二，我和媽媽都不在家，你不是一個人吃泡麵嗎？星期三，電梯不是壞了嗎？爬山是『登高』，爬樓梯不也是『登高』，意思一樣；星期四，那天你考了五科；星期五是婦女節，吃了披薩回到家，你有跳韻律舞；星期六——星期六——」

見姊姊停頓下來，美芳立刻乘勝追擊。「怎麼樣？沒話說了吧？」

姊姊思索了一會兒，興奮的大叫起來：「啊哈，有了！我想起來

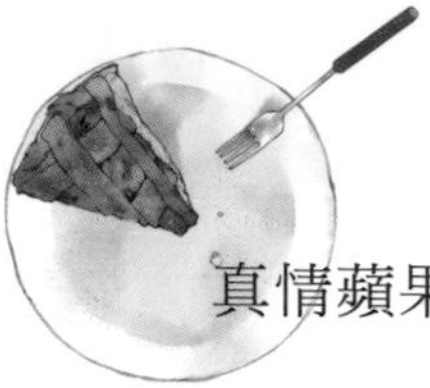

了！錄影帶出租店的老闆娘是斗六人！」

「什麼跟什麼嘛，」美芳大嚷，「還說我牽強附會，我看你才過分哩！」

「我的比較準。你看，星期七——也就是今天，你不但本來好心提議要粉刷餐廳，今天又幫小表弟塗模型飛機，不是很準嗎？簡直是準透了！」

美芳把星座日記搶回來，對照著又看了一次。

「啊，討厭！你老喜歡笑我，討厭死了啦！」美芳又窘又氣，三兩下就把姊姊給轟出去了。

關上門，她臉都垮了。

她不僅僅是「老羞成怒」，而且是極度的失望和擔心。

媽媽和姊姊都不了解，也不肯了解，星座書上所寫的一切真的都很準……

美芳多麼希望星座書是百分之百的準確呀……

星座書說，四月初，她即將擁有一段美妙的羅曼史，暗戀已久的夢中情人終於會向她傾吐愛意……

怎麼會不準呢？星座書一向都是很準的……

神祕的小冊子

夢瑄是在墨西哥邊境買到那個小冊子的。

當時，為了媽媽想買一件披肩，爸爸就挖苦她，說她披上披肩，頓時老了四十歲，活像坐在搖椅打毛線的老太太，媽媽就說，爸爸會這麼說還不是因為捨不得花錢，想叫她打消買那件披肩的念頭，她才不上當呢，她偏要買，然後兩人就冷嘲熱諷起來。夢瑄覺得十分的厭煩，她很清楚，這是爸媽即將吵架的前奏。

「我出去逛一下，馬上就回來。」夢瑄說完就自己出去了。

外頭有好多家小商店，夢瑄漫無目標一家接著一家逛著。這些商店賣的東西，比爸媽去的那家要便宜多了，但是，也粗糙多了，而且每家賣的東西都是大同小異。夢瑄百無聊賴的逛了四、五家，覺得沒什麼可看，可是又不想回去找爸媽，她討厭聽他們爭吵。

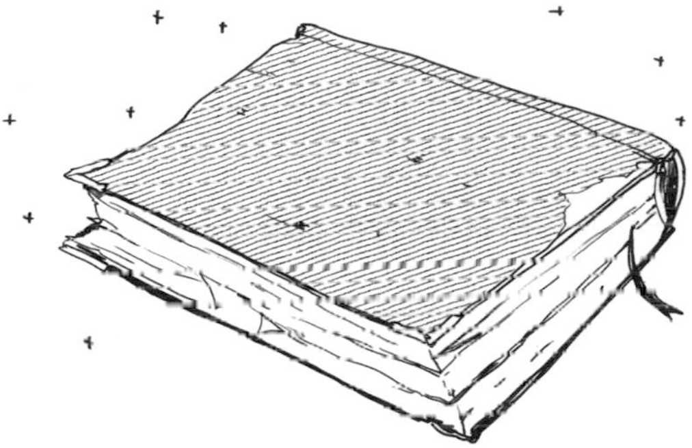

正在發愁不知該如何打發時間，忽然，她在一家規模最小的店家，一個舊舊的編織籐籃裡看到一本淡紫色布質封套的小本子。夢瑄一向偏愛紫色，也喜歡收集紫色的東西，她有好多紫色的文具和襪子、手帕等等，她也有好幾本紫色系的筆記本，可是還沒有像這種淡紫色又是布質封套的本子。

夢瑄很自然的把小冊子拿起來，翻開一看，撲面而來一種灰灰舊舊的味道，紙張都有些泛黃，每一頁上面都有一些充滿墨西哥風味的圖案，還有一些她看不懂的文字，想必是墨西哥文吧。儘管不是筆記本，不能拿來記東西，夢瑄把小冊子把玩了一番，覺得滿喜歡的。

抬頭一看，看店的小男孩正衝著她傻笑。

「How much？」夢瑄問。

臉有點髒兮兮的小男孩跑過來，把小冊子一把搶過去看了半天，不知道是在找標價還是要判斷這小冊子值多少錢？

小男孩出價了，他伸出5根手指頭。

「Five dollars？」夢瑄迅速心算了一下，五塊美金大概等於一百三十幾塊台幣，好像有點貴。

可是再把小冊子接過來摸摸看看，實在喜歡，還是買了。

後來，當爸爸知道她用五塊美金買了這個既看不懂、又不能記東西的小冊子，還頗不屑的批評道：「你呀，就跟你媽一樣，盡買些不管用的東西，不切實際。」

這番話自然又引起媽媽的抗議。

這次的旅行，想起來真是沒趣透了。

多年來，爸爸媽媽始終吵吵鬧鬧，今年，他們接受從事婚姻輔導工作的小阿姨的建議，決定要「二度蜜月」，利用春假帶著夢瑄一起到美西旅遊一個禮拜，說要努力改善彼此的關係，結果呢，卻吵得更凶。一路上，大家都玩得非常不痛快，連夢瑄都懊惱得不得了，後悔為什麼要跟著他們來，真想早點回去算了。平常只要他們一吵架，她還可以躲開，或者去找同學，或者一個人去圖書館，但是出門在外可

就慘了，他們一吵架，夢瑄跟在旁邊，躲也躲不掉，簡直是煩透了。

「真巴不得趕快回去算了，我再也不要跟他們一起出來玩了。」出發才兩天，夢瑄就已經恨恨的這麼想。

返抵國門那一天，爸媽從機場一路吵回家。一到家，夢瑄立刻躲進房裡，戴上耳機，大聲聽著搖滾樂……

夢瑄緊繃的神經總算慢慢鬆懈了下來。她輕輕吁了一口氣，由衷感謝發明隨身聽的人；在這悲慘的世界裡，幸好還有隨身聽，使她不需要真正的轉移陣地，只要一戴上耳機，立刻就可以躲開一切，遁入自己的時空之中。唉，想來也怪自己粗心，竟然忘了帶隨身聽出門，要不然這七天也許就不會這麼痛苦了。

過了一會兒，夢瑄的情緒逐漸平靜下來（即使她一直是在聽很吵的音樂），於是就戴著耳機，逐一檢視此行所帶回來的紀念品。

當她隨手翻開那本淡紫色的小冊子時，立刻傻眼了。

原本完全看不懂的文字，竟然變成了中文！

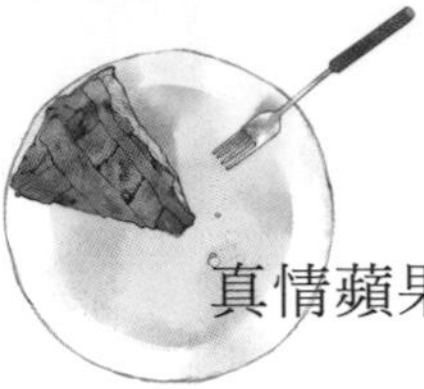

「子雄離家已經一個月了，還沒有接到他捎來的任何口信。不知道他現在人在哪裡？安全嗎？有沒有凍著？有沒有餓著？長這麼大，頭一回弄明白了『失神落魄』、『魂不守舍』、『魂縈夢繫』甚至『行屍走肉』這些詞兒是怎麼回事，子雄一走，我整個人彷彿也空了，因為我的心已經跟著他走了。娘說我太傻，子雄是出外經商，又不是上戰場，至多半年就會回來，我聽了只想哭，半年！那有多久啊！想到要半年見不著他，真是令我無法忍受。我真巴不得能追隨他而去，可是我不能，我要好好照顧娘，這是我的責任。」

夢瑄吃驚得連看兩遍，翻到第二頁，以及第三頁、第四頁……奇怪，後面的都還是原來那些看不懂的文字。再翻回到第一頁——

「啊！」夢瑄忍不住叫了起來，方才那些方塊字，竟像被稀釋了一般，又慢慢淡化，然後慢慢回復成原來的不明文字。

夢瑄嚇得把小冊子立刻拋開。

「怎麼了？」媽媽聽到夢瑄的尖叫，推門探頭進來詢問。從媽媽臉上煩躁不悅的表情，夢瑄一望即知她一定是正在跟爸爸吵架。

「沒事。」

「沒事亂叫什麼！早點睡覺吧。」媽媽簡短下令後，立刻「重回戰場」。

夢瑄先是死死的盯著被她拋落在地上的小冊子，盯了半天，才大著膽子走過去，把小冊子撿起來……

哪兒還有方塊字？現在，小冊子已完全變回原來的樣子了。

「這是怎麼回事？」夢瑄十分納悶。

第二天，她在學校一告訴小珍，小珍反覆檢查著小冊子，狐疑的問：「是你作夢吧？我看不出這個小冊子有什麼詭異的，就是舊了一點，這麼破的本子居然也值五塊錢美金？」

「我不騙你，昨天晚上真的有變化。」夢瑄還把那段文字大致說了一下，她確信應該記得八九不離十。

「聽起來像言情小說嘛。」小珍一副不以為意的樣子，令夢瑄頗感無趣，就不想再說了。

回到家，照例又是母女倆一起吃晚飯。

「你爸爸明天到高雄出差，要半個月才回來。」媽媽的口氣聽來沒什麼不愉快，甚至還可以說有點愉快，「這下又可以清靜一下了，找個時間我們去逛街，狠狠的shopping，狠狠的刷卡，最好把信用卡刷爆為止！哈哈！」

夢瑄當然知道媽媽是開玩笑的。「才剛從美國回來就要出差，爸不累呀？」

「他是工作狂呀，這你還不知道？你看我們去玩的時候，他整天都是那麼一副要死不活的死德性，問他總說是時差，什麼時差，根本就是沒勁兒嘛，只要一回來，要工作了，嘿，馬上就生龍活虎了。」

「爸為什麼老是喜歡出差啊？」夢瑄對爸爸挺不滿的。

「應該說他是喜歡工作吧，即使不出差，他也很少在家，都一樣啦，而且——『商人重利輕別離』，古有明訓，真是一點也不錯。」

「媽，」夢瑄忽然慎重其事的說：「羅小薇的爸媽離婚了。」

「真的？」

「嗯，我今天聽小珍說的。怪不得我覺得羅小薇最近都怪怪的，都不理人，老是發呆，動不動就掉眼淚，小珍說羅小薇好煩惱，因為她爸媽都爭著要她的監護權。」

「唉！」媽媽重重的嘆了一口氣：「好可憐！」

「媽，你會不會跟爸爸離婚？」

媽媽望著夢瑄，居然笑了起來。「瞧你一臉嚴肅的樣子，你擔心嗎？」

「說真的——我倒是不擔心你們會離婚，我只擔心像小珍說的那樣，小珍說羅小薇想跟她媽媽住，可是法官好像偏要她跟爸爸住。」

「唉，真可恨！」媽媽這會兒倒是有點兒咬牙切齒了。

「媽，要是你們離婚，我也想跟你住。」

「別擔心，我們不會離婚的。」媽媽笑笑。

「為什麼？難道你還愛他？」

媽媽大笑。「你開什麼玩笑？」

「所以啊，我就不懂，為什麼你們不乾脆離了算了？我想爸爸一定也早就不愛你了，要不然你們不會一天到晚的吵架，而且每次一吵起來，那種凶巴巴、惡狠狠的樣子，好像有什麼深仇大恨似的，好可怕。」

「這就叫作『愛之欲其生，惡之欲其死』吧，我是在結婚之後才深刻體會到的——我問你，你是不是覺得，兩個人相愛就應該結婚，不相愛了就應該離婚？」

「對呀。」單純的夢瑄，的確是這麼理解的。

「乖女兒，可是事實上婚姻沒有這麼簡單，愛情也沒這麼簡單，不過，你可真新潮耶，我還從來沒聽過有小孩勸父母離婚的。」

「我是新新人類呀，新新人類的觀念都是很開通的。」夢瑄還挺得意的，「我可不想你們是因為我才勉強痛苦的在一起。」

「好吧，既然你也大了——可不是，都國二啦，真的是大孩子了，我就老實告訴你吧，我不願意和你爸爸分手，除了你之外，錢也是一個因素，你要知道，我們家房子是你爸爸的名字啊，他的存款又比我多，如果就這樣分手，我的損失太大了！」

夢瑄萬萬沒想到媽媽會講得如此——現實，不禁呆住了；她突然有一種悵然若失的感覺……

就在爸爸預定要從高雄回來的那一天晚上，那本神祕的小冊子又開始變化了。

也是在夢瑄戴著耳機聽音樂的時候，隨手翻到那本小冊子，赫然發現第二頁又出現了一段方塊字。

「這不是真的！這不是真的！子雄竟然有了別的女人！這怎麼可能呢？曾經山盟海誓了幾千萬遍，難道那都是假的？子雄，為什麼你要這樣傷害我？難道我做的還不夠多，不夠好嗎？

而且……子雄，我真沒想到，你會這麼狠心，連我跪在地上，求你和她收容我，也不理睬……，我寧可做小，或降為奴婢，你竟然都不願意，還是執意要休了我……我到底做錯了什麼？你那一臉嫌惡的表情，就像一把利劍，深深刺傷了我……」

「我的天！」夢瑄覺得渾身汗毛統統立正，接下來就該清掃掉落下來的雞皮疙瘩了，「小珍說得沒錯，這真像言情小說。」

再看幾眼，和上次一樣，方塊字又慢慢模糊，回復成原來的模樣。

「天哪！」夢瑄疑惑的想著：「這真是我的幻覺嗎？全是我想像出來的？難道我就這麼沒創意？居然會想出這麼一個老掉牙的爛故事？會不會是連續劇看太多了？」

發愣半天，夢瑄決定再試一次，把這個奇怪的小冊子再告訴別人一次。這次她想告訴媽媽。

走到客廳，媽媽正在接電話，神情十分古怪。似乎很錯愕，很氣憤，但又強作鎮定。

「我認為我們沒有見面的必要，」媽媽的聲音聽來十分沉穩，「有什麼問題，你直接找他去談吧，我也會跟他談的，再見！」

媽媽用力掛了電話。夢瑄奔過去，一扶住媽媽的背，就感覺媽媽在發抖。

「真是氣死我了！」媽媽怒道。

「怎麼回事？你在跟誰打電話？」

媽媽猶豫了半晌。「算了，先別談這個，等我弄清楚了再告訴你吧——咦，你手上拿的是什麼？這不是上次在墨西哥邊境買的嗎？」

夢瑄低頭看看手中的小冊子，感覺現在好像不大適合談那些奇奇怪怪的事。

「怎麼了？你是不是有事情要告訴我？」媽媽問。她一向很善於察言觀色。

「我說出來你一定會覺得我瘋了……」

「沒關係，我差不多也瘋了，我是被你爸爸氣瘋的！說來聽聽吧。」

於是夢瑄就把小冊子出現過的兩次異變詳細描述了一番。在描述那個「言情小說」時，夢瑄突然有一個奇特的念頭。

「媽！我剛才突然想到，這個小冊子會不會是一本預言書啊？」

「預言書？預言什麼？」

「預言——講了你可不要生氣喔，它會不會是——是要告訴我們，爸爸——在外頭有了女人？」

媽媽一怔，隨即嘆了一口氣。「這個事不需要預言了，已經證實了，你爸爸的確有了女人！」

「什麼！」

「剛才就是你爸爸的女人打電話來，說要跟我談判，要我放了你爸爸，這個沒出息的傢伙！居然還讓人家打電話來，他自己不能處理嗎？」

「媽！」夢瑄叫起來，「你也真是的，爸爸在外頭有了女人，你怎麼這麼遲鈍，一點也沒發覺呢？你不是一向都很厲害、很敏銳的嗎？」

「說的也是，我怎麼會這麼遲鈍呢？——或許是我老早就已經不在意他了吧。」最後一句話，媽媽像是說給自己聽的。

夢瑄瞪了一眼手中的小冊子，用力一丟，丟進了垃圾筒。「都是我不好！我不該買這個東西，太不吉利、太邪門了！」

「你說到哪裡去了？夢瑄，鎮定一點，這是我們大人的事，你就先別管了，反正，我知道你的意願是要跟著我就是了，對吧？」媽媽趨前拾起小冊了，「我倒也挺喜歡這個小冊子，你如果不要，就給我吧。」

爸爸這天晚上沒有回來，也沒有電話。媽媽似乎一夜沒睡，夢瑄夜裡醒來好幾次，從門邊往外看，都看見書房裡亮著燈光。

「媽媽真奇怪，發生了這麼大的事，她還寫得下東西？」夢瑄在心裡嘀咕著。

第二天一早，夢瑄一睜開眼，就看見那本紫色的小冊子擱在她的枕頭邊，嚇得立刻坐起來。

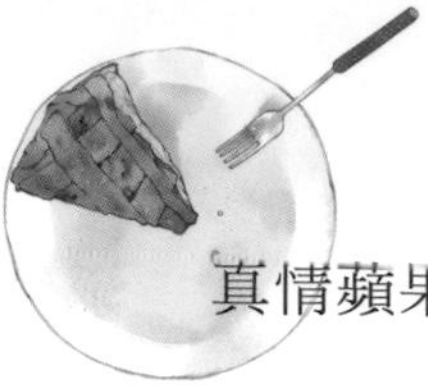

「這是我昨天晚上寫的，你如果有興趣，不妨看一看。」媽媽說。因為熬夜，她的眼眶看起來黑黑的。

夢瑄一時無法會意，等到翻開小冊子，才恍然大悟。

原來，從事多年文字工作的媽媽居然玩起故事接龍的遊戲。小冊子的第一和第二頁，都是按照夢瑄「看」過的故事情節所寫的，但是從第三頁開始，就是媽媽自己編的了。

夢瑄把小冊子帶到學校，小珍也湊過來看，還大驚小怪的說：「你媽媽不是只會翻英文和日文嗎？怎麼也會翻墨西哥文？好厲害！」

看完媽媽接續「前情提要」所寫的故事，夢瑄真覺得有點哭笑不得。那個在一開頭還可憐巴巴的女人，經過大澈大悟，對「子雄」不再抱任何期望，即使婆婆和「子雄的女人」都幫她說話，希望她留下來，她也決心「不食嗟來食」，於是留書出走，上山學藝，後來成了一個人人崇拜尊敬的俠女……總之，原本似乎應該是一個淒美的言情小說，竟急轉直下，突然變成一齣武俠劇，只有在最後一頁結尾的地方，還保有一點言情味兒。

「我還是相信愛情，只是我也了解，即使我們之間曾經有過美好的愛情，現在終究只是一些回憶罷了。放手吧，我應該好好努力的活下去。」

「這是媽媽的心聲嗎？」夢瑄想著：「媽媽的文筆實在是不怎麼

樣，不過——也許這本小冊子不會再作怪了，說不定媽媽把它給鎮住了。」

果然不錯，小冊子果然沒有再發生變化（真的被媽媽給鎮住了？）有變化的，是整個家庭。

半年之後，爸爸和媽媽真的離婚了。

爸爸原本不願離婚，再三懇求媽媽「保持現狀」，媽媽就冷冷的說：「你是說你要享『齊人之福』？省省吧，給大家都留一點最後的尊嚴吧！何況，你有沒有問過她的意思？我看她一定不會同意的，否則，也不會打電話給我了。」

夢瑄「如願以償」的跟著媽媽住。這是媽媽「聯合」爸爸的女人向爸爸雙頭施壓，作為離婚的條件之一。另外一個條件是，爸媽的財產也做了合理的分配。

這天，小阿姨來夢瑄和媽媽的新家喝下午茶。

「其實，這樣也好，」媽媽說：「我本來就一直覺得，吵吵鬧鬧的婚姻對小孩子的傷害更大。我當然還是會難過，畢竟，當初也是戀愛結婚的嘛，想起來就挺傷感的……可是，有什麼辦法呢？人生苦短，要痛也要圖個痛快，你說是不是？幸好夢瑄很獨立，很堅強，也很有主見，如果不是她這麼懂事，我或許還沒有辦法鼓起勇氣也不一定……」

這時，一旁的夢瑄，再也按捺不住的失聲大哭。

一向自信果斷的媽媽頓時當場愣住，許久都說不出話來……

驚喜

「Out of sight, out of mind. 物遠心離。」

當英文老師在課堂上教到這句諺語時，芳純立刻就想到了宇超。

宇超——或許應該叫他Donny，不，芳純還是喜歡叫他宇超——總之，他已經一個月沒來信了。

芳純記得很清楚，自己在最近一封信中還大談第一次段考如何如何，宇超一點反應也沒有，現在，連第二次段考都考過了，宇超還是沒來信。

芳純可以想像得出宇超必定是很忙，聽很多人都說，小留學生的生活非常辛苦，又要適應新環境，又要苦K英文，又要應付有些不友善的人，還要忙著認識新朋友——每次一想到這裡，芳純就像是咬了一大口的檸檬，酸得不得了！

唉，算了吧，承認吧，芳純怎麼想也想像不出來，宇超怎麼會忙到連一點點寫信的時間也沒有呢？他以前不是一向很喜歡寫信的嗎？他還沒有出國以前，每個禮拜都會寫封信給她，像在交周記似的，那個時候他們還天天見面呢，沒想到出國之後，信就愈來愈少，簡直是少得可憐！

最近，芳純還常常在想，宇超出國也不過快一年呀，為什麼感覺上好像已經很久很久了似的？以前，他們是好朋友呀，甚至，還可以說是「準男女朋友」。為什麼現在的感覺卻這麼遙不可及呢？

唉，物遠心離，Out of sight, out of mind.一旦看不到，見不著，就完蛋了。

聽到宇超在暑假即將隨家人回來探親的消息，芳純先是很驚訝，

再來是很傷心。

他暑假要回來？怎麼從來沒聽他提過？

——廢話，他已經一個多月沒來信了，怎麼提？

可是，如果他忙得一點也沒有時間寫信，為什麼就有時間寫給王志雄呢？——是王志雄在班上宣布宇超暑假要回來的消息。

如果宇超有時間寫信給王志雄，為什麼

就沒有時間寫給她呢？又沒有要他寫多長，她只不過想知道他最近過得好不好？英文完全跟上了嗎？

真令人洩氣，居然不是宇超自己告訴她暑假要回來的事，居然她還得等到別人來告訴她！

一想到這裡，芳純就耿耿於懷，情緒低落得要命。

萬萬想不到，一回到家，竟然就收到了宇超的來信，芳純急急忙忙的拆開，因為拆得太急，差點就把信給撕破了。

芳純：

對不起，拖到現在才回信給你，真的好忙。

告訴你一個好消息，我爸媽臨時決定暑假要回台灣來看看，到時

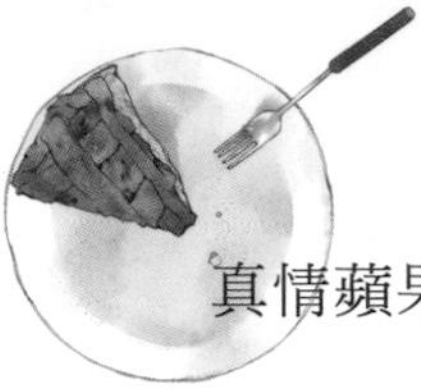

候再打電話給你。

好了，不多說了。　祝

百事可樂

宇超

芳純瞪著這封信足足有五分鐘之久。

她看了又看——這哪叫「信」啊？應該說是「便條」吧。她甚至窮極無聊的算了一算，扣掉標點符號，只有六十四個字。

六十四個字！這絕對不能叫作是「信」！

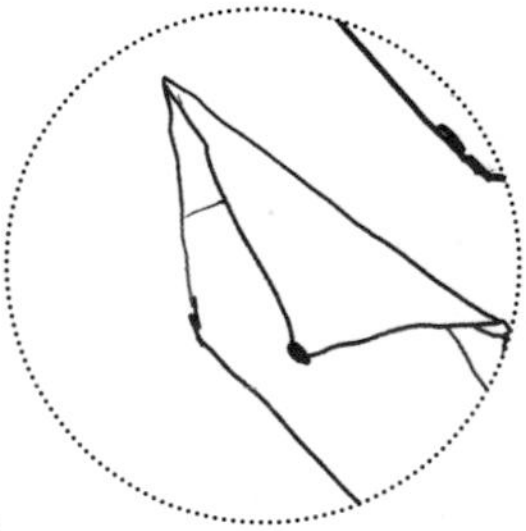

他的措詞，也令她感到很不滿意。

什麼叫作「回信」？好像他寫這張便條還是被逼的？好像他寧可去做其他一切的事情，也不大想寫幾個字給她？

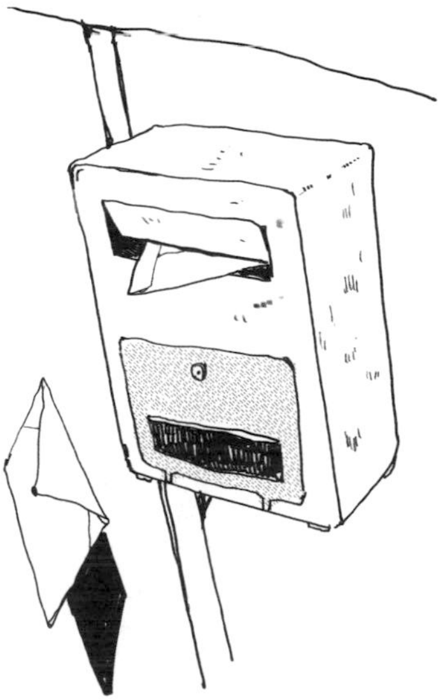

他總說「真的好忙」，到底在忙些什麼呀？為什麼不說給她聽聽呢？當初他要出國的時候，不是說好要常常寫信給她，要跟她分享新生活嗎？結果，他只是常常與她分享這一句——「真的好忙」！

芳純氣悶又氣餒的坐下來——（她剛才一直是站著看信），眼睛

瞪著那最最令她失望的四個字——「不多說了」；為什麼他不肯再多寫一點呢？離暑假還有一個多月呀，難道這表示在回台灣之前，他不打算再寫信給她了？……

宇超果然一直沒有再來信。

知道他將在七月中旬回來，也是聽王志雄的。這讓芳純體會到一件事，可能男生還是比較重視「拜把兄弟」或同性死黨之間的情誼吧。就像很多港劇和日本偶像劇裡頭演的那樣。

班上同學要為宇超舉行一個同學會。宇超是國一下學期去美國，和大家相處過，還算是滿有感情的。很多同學都說要送宇超一個小禮物，芳純自然也不落人後。她想了又想，終於決定要親手做一個嶄新的中國結送給他。中國結是芳純拿手的手工藝，沒人不誇讚的；而且——宇超出國的時候，芳純也是做了一個中國結送給他做臨別贈禮，不知道他還記不記得？還有沒有好好保留？

宇超回來的那一天，是一個星期天。芳純打死也不肯出門，連陪媽媽去買菜也不肯。

她知道宇超一家是清晨就到桃園機場了，回到台北市頂多七、八點吧，芳純是想，宇超會不會立刻就打電話給她呢？儘管理智告訴她，希望不大，但總是一線希望。

一整天，芳純不肯出門，甚至不肯離開靠電話最近的那張沙發。只要一有電話，她整個人就會明顯的「彈」了一下，然後在電話鈴聲連一聲都沒響完的時候就接起來。

爸媽問了她幾次：「你在等電話嗎？」

芳純總說沒有。

就這樣，當了一整天的接線生，到了晚上，芳純才沮喪萬分的倒在床上，不想洗澡，不想洗臉，不想刷牙，不想整理書包，什麼都不想，只是傷心的想：「要是明天還不打電話給我，同學會那天我就不想去了。」

第二天，宇超還是沒有打電話來。芳純決定再給他一次機會。

「也許是剛回來，時差還沒恢復？只要他明天打電話來，同學會那天我還是會去的。」

接下來的幾天，她每天都在為了要不要去參加同學會而反反覆覆的傷腦筋，一會兒發誓打死她也不去，一會兒又覺得應該寬宏大量，還是去吧；芳純從來不知道，自己竟然會如此的優柔寡斷，人家不是都說Ａ型的人才會優柔寡斷嗎？她是Ｏ型，怎麼會這麼拿不定主意呢？Ｏ型的人應該是很乾脆才對呀。好，決定了，不去。誰教他回來四天了，也不打個電話過來，真是太無情了。

芳純正這麼想，上課鐘聲響了，她一腳跨進教室，迎面差點撞上一個人——芳純頓時愣住了，居然是宇超！怎麼會是他？他怎麼會在這裡？

「嗨。」宇超朝她笑了笑。將近一年不見，他好像長高了不少？看起來更瘦了。

芳純一時完全不知道該如何反應，像個傻瓜似的張大著嘴巴，只能機械性的也回了一聲「嗨」。

「明天同學會你來不來？」宇超問。

「來。」這是立即反射式的回答。話一出口，芳純就很懊惱，怎麼回答得這麼乾脆呢？一分鐘以前，她不是才剛剛下定決心，就算會被人家批評為「不合群」、「沒有同學愛」也絕對不要去嗎？

「你會來就好，我還怕你不來呢，」宇超大大方方的說：「我要給你一個驚喜。」

「喔？」芳純的心兒怦怦直跳，愣愣的問：「什麼驚喜？」

「你來了就知道。我先走了，你們要上課了。」

芳純戀戀不捨的目送宇超離去。回到座位，隔壁的小珍就問她：

「噯，楊宇超剛才跟你說什麼？」

「問我明天同學會會不會去？」芳純強作鎮定且不經意的說：

「對了，他怎麼會突然跑來？」

「好像是來申請什麼成績單吧，我也搞不清楚，我只聽到他說待會兒要跟朋友去逛街，唉，好好喔！哪像我們，明明是暑假，偏偏還要來上這個什麼鬼輔導課！」說完，小珍還誇張的大大的嘆了一口氣。

接下來，小珍好像還說了些什麼，但芳純一點也沒聽到；她全部的心思，只集中在一個問題上：「驚喜？他會給我一個什麼樣的驚喜？」

放學回到家，一吃過晚飯，芳純就忙不迭的躲進房間。媽媽一邊收拾碗筷，一邊跟爸爸說：「嗯，芳純總算有點國三的樣子了。」

其實芳純早早躲回房間，不是為了溫書，而是為了複習她的「寶貝」——都是宇超過去所寫給她的信，當然，絕大多數都是他出國前所寫的。

在他出國之前，宇超坐在她隔壁，他們倆的作文是國文老師認為全班最好的，幾乎分不出高下，難得的是，兩個人也挺聊得來，有一天，宇超心血來潮提議，不如他們倆每個禮拜寫一封信給對方，互相砌磋，練習作文。兩人也約定好，這是他們的「額外功課」，不要告訴別人。

或許就因為這個緣故，使芳純一直覺得自己和宇超應該有一點比較特別的交情；儘管每次她複習宇超的舊信，總不得不承認，他信上的確從來也沒多說過什麼不屬於「功課」性質的話，無非都是談人生啦、談修養啦、談電影啦、談讀書心得啦，和她期望、夢想中的「情書」，差距何止千里！倒是她自己，彷彿比較「心術不正」，有時常忍不住在信上談談自己的家人啦，童年啦，時而還得常常提醒自己不要流露出對他的好感。

宇超出國後，芳純一度還頗期待，也許以後他們的通信會比較不像「功課」……沒想到，宇超老說「真的很忙」，根本不交「功課」了。

每次溫習宇超的舊信，芳純就不免覺得，自己似乎實在沒什麼理由生宇超的氣。因為，如果只是「好朋友」，本來也沒有義務經常寫信……可是，等不到信時，她又忍不住埋怨和嘀咕，為什麼他就不能多寫一點信呢？難道他一點也猜不到她會很惦記他？

現在，當芳純再度溫習宇超的信，她忽然迷惑起來——每次只要

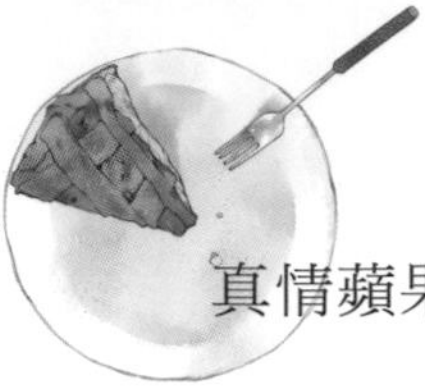

一溫習他的信，就會提醒她，人家只不過是把她當成「好朋友」而已，她沒有必要多想，更沒有必要生悶氣——可是他今天卻說「我要給你一個驚喜」。他到底會給她什麼驚喜呢？

「到底是什麼呢？」一整個晚上，除了這個問題，芳純的大腦什麼也不會想了。

同學會是在導師家舉行的；按照慣例，包水餃。

芳純很早就到了。當宇超進來的時候，芳純遠遠的看著他，直擔心自己劇烈的心跳聲會大聲到讓每一個人都聽得到。

宇超親切的和每一個人打招呼。導師一看到宇超就問：「咦，你不是說要帶一個朋友來？」

「是呀，他待會兒自己會來，我已經告訴他地址和電話了。」

「他自己來恐怕找不到吧？」導師有點擔心，「我們這裡地址很亂的。」

「沒問題，他家以前也住永和，他只比我早半年去美國。」宇超說。

接著，話題就被岔開了。大家都圍著宇超，問東問西，每個人對

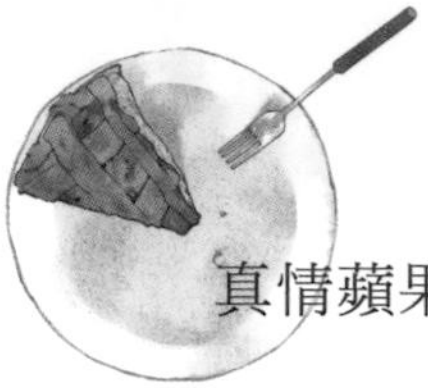

宇超在美國的生活都非常好奇，宇超也很自然且坦誠的一一報告，有好玩的事，也有辛苦的事，更不乏生氣的事。

「反正啊，」宇超說：「我爸媽都叫我多忍著點，在別人的國家，總是要更努力些。」

宇超在敘說種種美國見聞時，芳純一直遠遠的聽著。在團體，她向來是屬於比較安靜的那一型，現在，聽宇超說著說著，她忽然有一種覺悟——她希望藉著通信和宇超分享新生活中的喜怒哀樂，是多麼的荒謬和不切實際呀！宇超所說的一切，她根本無從想像和體會，還談什麼分享呢？

她頓時又沮喪起來。唉，Out of sight, out of mind.宇超現在已經像是另外一個世界的人了，怎麼可能會不疏離？

芳純愈想心緒愈低落，都想回家了。

「叮咚！」一聲，門鈴響了，進來一個陌生的男孩，黑黑壯壯，一看就是個喜歡運動的傢伙。

「老師，這就是我的朋友，Michael張，張人傑，」宇超跟大家介紹。「他在學校可比我吃香多了，美國女生都喜歡這種運動健將型。」

大家一聽都笑了，張人傑則笑得有些憨傻，那副傻氣，令芳純感到有些熟悉；奇怪，難道她以前看過他？但她實在想不起來是在哪裡見過？

正望著他發愣，他看到她了，芳純慌忙收回眼神，不好意思的低下頭去包餃子。

沒想到他卻走過來。

「林芳純！」

芳純嚇了一大跳，吃驚的看著他，「你怎麼知道我的名字？」

「你跟小時候幾乎沒什麼不一樣嘛。」

「小時候？」芳純呆呆的重複，「張人傑？」

「是啊——你不記得我了嗎？」

再看幾眼——啊，芳純想起來了，張人傑——這不就是阿傑嗎？

「阿傑！」芳純驚喜的叫起來。

「你終於想起來了，嘿嘿！」阿傑笑得挺開心的。

小時候，阿傑家就住在她家樓上，兩個小蘿蔔頭幾乎天天都在一起玩，兩家的大人還常取笑這兩個小鬼是青梅竹馬呢，在小學三年級時，阿傑搬家後，兩家也就失去了聯繫，當時阿傑和芳純都太小了，也不懂得該如何保持聯繫。

「我從來不知道你們家搬到美國去了，我只知道你們家搬到了北投。」芳純說。

「是啊，真的好巧，我跟Donny，楊宇超很好，有一次我看到你寫的信——」

「他把我的信給你看？」芳純急了。

「不是啦，」阿傑笑著說：「我只看到信封，當時我就在想，這個女生的名字跟我小時候的朋友一模一樣嘛，後來又有一次看到你們班上去烤肉的活動照片，Donny指給我看林芳純是哪一個，我愈看愈覺得很像是你，這次暑假我們剛好都要回來玩，我就跟Donny說，我想來

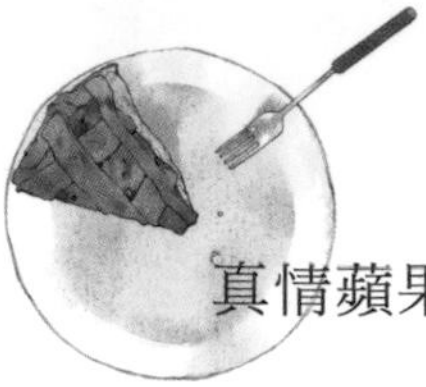

找你，看看你是不是我印象中的那個林芳純……」

正說著，宇超剛巧過來了，開玩笑的對兩人說：「嗨，你們倆『相認』了沒？」

「Donny，別鬧了。。」阿傑捶了宇超一下。

宇超笑笑，轉頭問芳純：「怎麼樣？喜歡我送給你的驚喜嗎？」

芳純這才恍然大悟，原來——阿傑就是宇超所說的驚喜呀！

不過——誰能說不是呢？一個童年時代的好朋友，多年來杳無音訊，甚至差點就要從記憶深處消失（Out of sight, out of mind!）現在，很可能將要失而復得……

芳純正想著，阿傑已開口了：「待會你可不可以留個地址給我？我回去後可以寫信給你嗎？」

141　驚喜

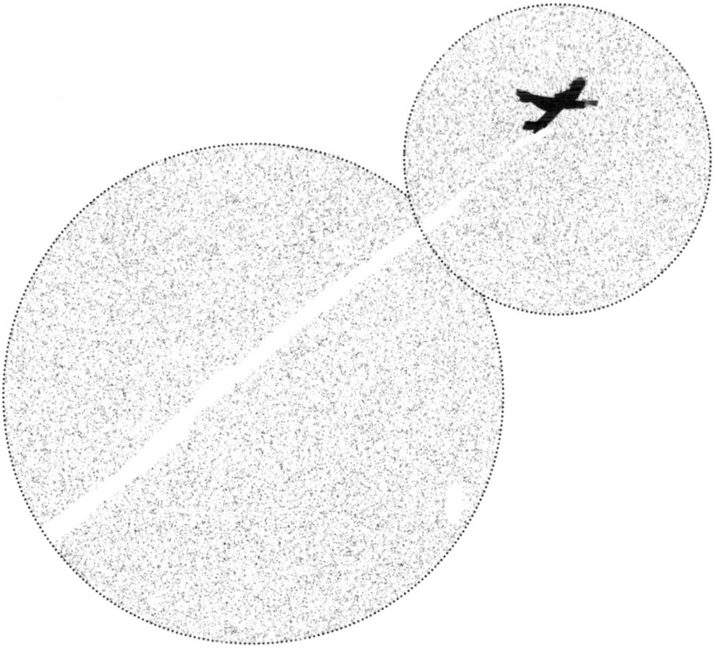

榕樹下

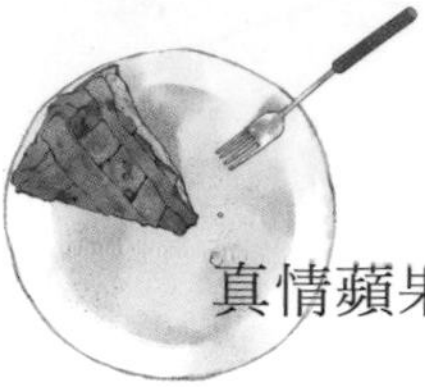

有一件事，她一直很想問安勝。

那年，他們都剛上小學一年級，由於住得近，再加上幼稚園時就已經是同班同學，兩人熟得很，幾乎每天都一起上學，一起放學，連回家後都常在一起玩。大人常常會用一種開玩笑的口氣說他們倆是「兩小無猜」，她問安勝這是什麼意思？——她一直都很崇拜安勝，總覺得安勝什麼都會，什麼都知道，可是安勝說他也不懂什麼叫作「兩小無猜」，大概是說他們倆很要好的意思吧；品潔滿意了，沒錯，她和安勝的確是很要好啊。安勝是品潔最最要好的朋友。

剛上小學的第一個農曆年，爸爸媽媽刻意多發給她一些壓歲錢，表示她長大了，不再是念幼稚園的小寶寶了。抓著好幾個紅包，品潔笑得好樂、好開心，覺得自己簡直是一個大富翁。

「錢要收好啊。」媽媽叮嚀著。

「先存在小豬撲滿裡吧，」爸爸說：「可不要東買西買的就亂花掉了。」

「知道啦。」品潔笑咪咪的說，心想爸媽真是多慮，她當然會好好保管的。

第二天一大早，一見面安勝劈頭就問：「品潔，你拿到多少壓歲錢？」

「一百七十塊！」品潔得意洋洋，「我昨天晚上數了好幾次。我爸媽說我現在長大了，所以多給我一點。」

在那個年頭，「一百七十塊」對一個小孩子來說，真的算是一筆大錢了。

「唉，好棒喔！」安勝無限羨慕的說：「我爸媽好小氣，只給我五十塊，五十塊而已！比去年還少！」

「那他們有沒有送你玩具？我小阿姨也沒給我壓歲錢，可是她送我這個洋娃娃，你看，她的眼睫毛還會眨！」品潔把懷裡的洋娃娃湊到安勝面前。

「嗯，很漂亮。」說著，安勝忽然嘆了一口氣，「我爸媽才不會送我玩具呢，我爸說我的玩具已經夠多了——看樣子我是別想要到那個機器人了。」

最近安勝老嘮叨著一個機器人玩具，他原本很期待過年時爸媽能夠送他，或者是他能夠用零用錢去買。

「唉，完了。」安勝十分垂頭喪氣。

品潔也覺得好難過，可是又不知道該怎麼安慰他；她總不能把洋娃娃塞給他，要他假裝那是機器人吧。

吃晚餐的時候，品潔還老氣橫秋的對爸媽說：「安勝好可憐喔，他的壓歲錢只有九十塊，比去年還少，他的爸爸媽媽是小氣鬼！」

「怎麼這樣說呢？」爸爸立刻不以為然，「也許他爸爸媽媽有困難，我聽說他爸爸最近的生意不太好——」

「噯，不要跟小孩子說這些，」媽媽急急的打斷爸爸，還轉頭交

代品潔，「你可不要在安勝面前亂說啊，免得安勝回去一講，他爸爸媽媽會以為我們在背後批評他們，那就太不好意思了。」

「反正啊，大人賺錢不容易，」爸爸又說：「小孩子不要隨便就說大人小氣，這樣才懂事，知道嗎？」

「對了，你的壓歲錢收好了吧？」媽媽問。

「收好了，都收在小豬撲滿裡。」品潔乖巧的說。

「嗯，好乖，」爸爸嘉許道：「如果從現在就養成儲蓄的好習慣，等你將來長大就是有錢人了。」

「我已經是有錢人了。」品潔一本正經的說。

爸媽一聽，都笑了起來。

「你是不是打算都不用，就這樣慢慢一直存？」爸爸問，明顯是在暗示小豬撲滿從此應該「只進不出」。

「噯，既然是給她的壓歲錢，就是她的了嘛，你就別囉嗦了。」媽媽說。

「小孩子還不懂怎麼儲蓄呀，當然要教教她。品潔，我告訴你啊，其實儲蓄並不難，只要把握住一個原則——『當用則用，當省則省』，就是說，真的是必要的、該用的就用，但是，該省下來的也要省——」

「是嗎？」媽媽在旁消遣爸爸：「我看你是『當用不用，當省則省』吧！」

爸爸聽了大笑，「你別老是在小孩面前讓我漏氣好不好？」

品潔也跟著傻笑；儘管對於爸爸媽媽所講的話，她實在是聽得迷迷糊糊，根本不大懂。

第二天，爸爸媽媽和品潔去看了一部「○○七」情報員的電影，講詹姆士·龐德根據一張藏寶圖找到一顆珍貴大鑽石的故事。

品潔忽然有一個很棒的構想。

她急急忙忙跑去找安勝，告訴他這個棒透了的點子。

安勝聽完之後，張大著眼睛，不敢置信，「你說要把你的小豬撲滿埋起來？」

「是啊，我們先把它埋起來，再畫一張藏寶圖，第二天再去挖，不是很好玩嗎？電影上就是這樣演的，你那麼會畫圖，你來畫藏寶圖。」

「好哇，」安勝的興致也來了，「那你打算把小豬撲滿埋在哪裡？」

兩人立刻興致勃勃的衝出去勘查附近的地理環境，最後，選定了離品潔家大約兩百公尺遠的一棵大榕樹作為目標，他們決定要把小豬撲滿埋在榕樹下。

回到安勝家，安勝馬上拿出一張八開的圖畫紙，開始畫藏寶圖。他先畫了一棵樹。

「這裡要打一個××，表示寶藏就在這裡，電影上是這麼演的。」品潔提醒著。

「好，」安勝完全聽從品潔的「指示」，「那我們應該從哪裡開始？從你家嗎？」

他們花了一個鐘頭，才把藏寶圖製作完成。

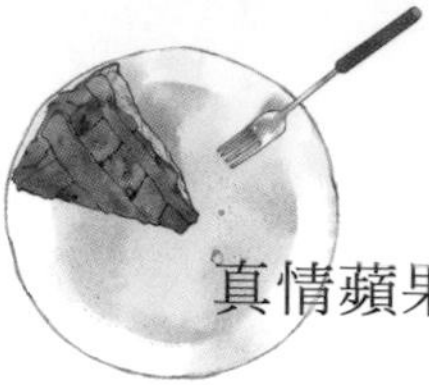

「哇！安勝，你畫得好漂亮喔！」品潔由衷讚美著，「我們趕快去藏寶吧！」

兩人把藏寶圖撕成兩半，一人一半，像寶貝似的兜在懷裡，直奔品潔家，要去拿「寶藏」。

品潔的媽媽看他們倆興匆匆的跑回來，還親切的問道：「什麼事那麼興奮呀？」

「我們在玩好玩的！」兩個小情報員什麼也不肯多說，風一樣的衝進品潔的房間。

「我們現在就去埋吧？」品潔捧著小豬撲滿，迫不及待，「等一下才來得及回來吃晚飯。」

「好啊，」安勝也同意。「現在已經有點暗暗的了，大概沒人會注意。」

於是，品潔把小豬撲滿放進背包，還帶了些玩具鏟子，兩人又要往外衝。媽媽本來不想讓品潔再跑出去，說就快吃晚飯了，兩個小情報員再三哀求，保證一定馬上就回來。

到了大榕樹下，安勝說：「我來挖洞，你來把風。」

「好。」品潔真的慎重其事的東張西望。

玩具鏟子實在不好使力，才過了一會兒，品潔開始有點著急了。「不行，這樣太慢了，還是我們兩個一起挖吧，要不然就趕不上回去吃飯了。」

好不容易挖好一個滿意的洞，又東張西望一陣，兩人才興奮的把小豬撲滿給埋進去。

匆匆分手之際，兩人約定好第二天一早就來挖寶。

「記得把你的藏寶圖帶來喔，」品潔叮嚀著，「我們要先把藏寶圖拼在一起，然後從我家出發。」

品潔衝回家的時候，媽媽剛把飯菜端上桌，幸好爸爸還沒回來。

「怎麼這麼晚才回來？」媽媽不太高興，「趕快去洗手洗臉，馬上就要吃飯了。」

半個鐘頭之後，爸爸回來了，媽媽喊品潔上桌的時候，品潔還在盯著自己的那一半藏寶圖，不斷想像著明天一早就要和安勝去尋寶的情景。

「出了門之後左轉，大步走二十步，碰到一根電線桿……」品潔想得出神，她覺得這個藏寶遊戲真是太好玩了。

「嘿，你什看什麼？」爸爸問。「怎麼撕破了？」

「我們是故意的，因為這是藏寶圖。」哎呀，糟糕，情報員一不小心說溜嘴了。

「喔？」爸爸很有興味的問：「那寶物是什麼？」

「不告訴你，這是我跟安勝的祕密。」

「告訴我嘛，我是你爸爸耶。」

「不行，我們約定好了誰都不能講。」

「告訴我嘛，我又不是別人，我是你爸爸。」爸爸說來說去還是這麼一句；也不知打哪兒來的一股莫名其妙的「醋意」，使爸爸決心要知道兩個小鬼之間的祕密。

「好吧，告訴你好了，」品潔一副「施恩」的寬大口氣，「寶物就是我的小豬撲滿。」

「小豬撲滿？」爸爸的神情忽然緊張起來，「裡面有錢嗎？」方才還那麼親暱跟她「撒嬌」的爸爸忽然嚴肅起來，品潔感到有些惶恐，她不知道這是怎麼回事？

「說呀！我問你裡面有沒有錢？」爸爸不耐煩的追問，口氣非常急躁。

品潔不敢撒謊，囁嚅的說：「有……」

「什麼！」爸爸大怒，「有多少？壓歲錢全在裡面嗎？」

品潔恐懼的點點頭，全身神經都繃得好緊，她實在不知道爸爸為什麼會忽然這麼生氣？

「你——你是白痴呀！」爸爸生氣的扭頭就走。

「怎麼了？」媽媽趕過來，「你要去哪裡？」

「看你女兒幹的好事！」爸爸一邊穿鞋，一邊痛罵：「我早就反對給小孩那麼多錢，根本還不懂嘛，居然把錢當玩具，玩什麼藏寶！」

弄清楚狀況之後，媽媽也好生氣，指責品潔道，「你怎麼那麼笨哪！怎麼不先問我呢？」

「那是我的錢啊！」品潔哭著說：「你說過給我的錢就是我的。」

「那也不能這樣亂丟呀！」

「我沒有亂丟，我們只是埋起來，明天早上就要挖出來的！」

爸爸在玄關那兒聽見了，破口大罵：「哼，明天早上！現在去挖要是還挖得到就不錯了！還呆在那裡幹麼，快點帶我們去啊！」

品潔滿腹委屈，哭哭啼啼帶著爸爸媽媽

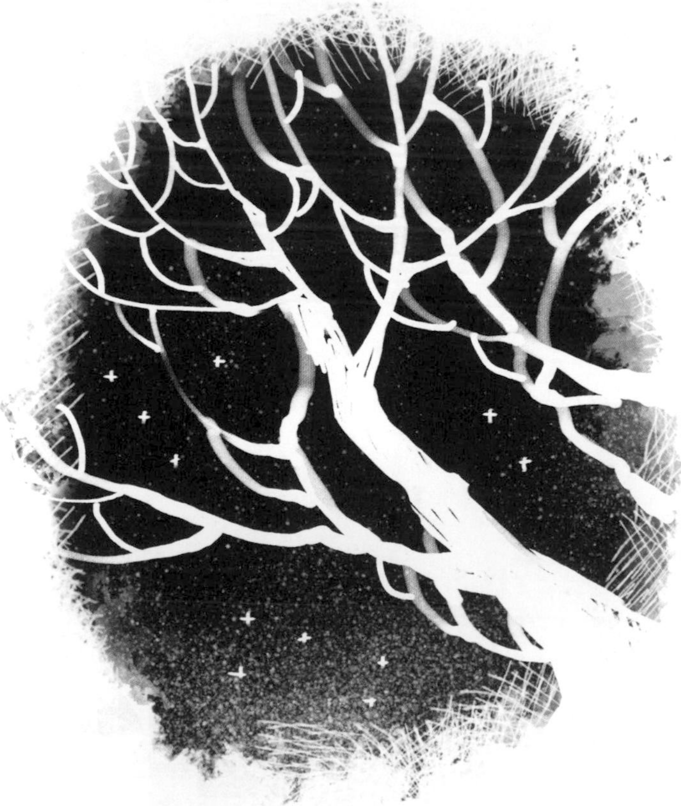

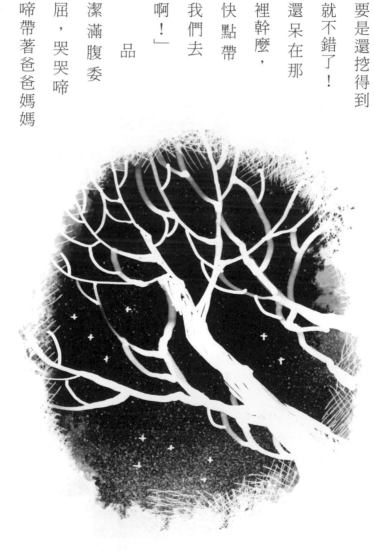

往老榕樹的方向走去。她覺得爸爸媽媽簡直是滿不講理，不可理喻，她和安勝明明把小豬撲滿埋得那麼深，那麼密實，怎麼可能會有問題？

然而——品潔簡直不敢相信自己的眼睛——小豬撲滿不但被挖了出來，還被打碎了，裡面的「寶藏」全部不翼而飛。

距離他們埋好寶藏，還不到一個鐘頭，會是誰幹的呢？

「一定是安勝等品潔一走，就趕快跑回來挖。」爸爸如此研判。

媽媽默然，似乎完全同意。

品潔大哭，「我們是一起走的！」

「那就是他先假裝跟你一起走，看你進了家門，他再趕快跑回來挖。」

「不會！」品潔哭得好傷心，「安勝才不會！」

……

等到品潔大一點了，回想起這件事，她知道自己當時之所以會那麼傷心，絕對不是因為錢掉了，而是覺得爸爸媽媽冤枉了安勝，侮辱了安勝；那時年紀還小，說不清自己的感覺，其實在品潔當年小小的心靈中，安勝是她最最要好的朋友，眼看父母如此看待安勝，把他視為騙子、小偷，品潔不僅傷心，簡直是悲憤。

事發那天晚上，爸媽曾經討論過要不要當面去問問安勝？可是考慮到兩家畢竟也算是多年鄰居，如果無憑無據就上門去問，只要安勝一否認，那不是太尷尬、也太難堪了？

第二天，品潔倒是一大早就跑去找安勝。

「我的小豬撲滿被人打碎了，錢都被偷走了。」品潔哭喪著臉。

「啊，真的？」安勝好像很意外。他的反應，讓品潔感到不少安心。

「我爸媽還懷疑是你偷的咧，本來昨天晚上還想來問你，可是又怕你爸媽會生氣。」

「我沒有！」安勝激動的說：「我沒有拿你的錢！你爸媽不會真的來我家問吧？」

「不會啦，安勝，你別生氣，我相信你。」品潔真心的說。

可是——等到長大了，品潔又覺得，爸媽當年的懷疑也不是全然毫無理由；那是只有她和安勝才知道的遊戲，「案發」時間又那麼短

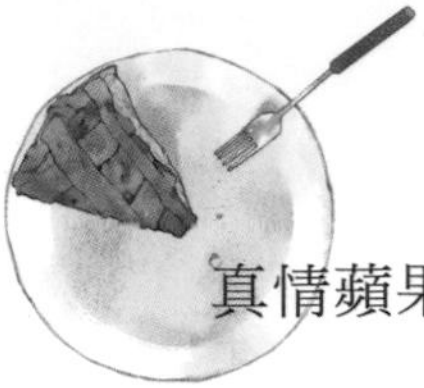

……

「不，」每次一想到這裡，品潔就不自覺的搖頭，心懷歉疚的想：「安勝絕不會做這種事的……對了，一定是在我們兩個人一起挖洞，沒人把風的時候，被別人偷看到，等我們一走，就趕快挖出來。」

可惜，她一直沒有機會針對一些疑點再好好問問安勝；她想問，不是因為對安勝有所懷疑，只是希望能夠得到更堅定、更無懈可擊的說詞。畢竟，安勝是她童年時代一個很重要、也很特別的朋友。

烏龍藏寶事件發生後不到三個月，安勝一家就搬走了。安勝告訴品潔，爸爸做生意失敗了，欠了不少債，必須賣掉房子，全家暫時先搬回爺爺奶奶家去住，那是在台北市的另一頭。

品潔還記得，那一陣子，安勝和他爸爸媽媽的心情似乎都很不好，好幾次她都感覺安勝家的氣氛很糟糕，大家都繃著臉，兩個大人老在吵架，安勝不知道是不是受此影響，也不大愛講話，品潔有時甚至還覺得，安勝似乎故意不理她。

安勝就這樣搬走了。

品潔仍然常常會想到安勝，只要一想到安勝，卻不免又想起榕樹下粉身碎骨的小豬撲滿。

再見到安勝，已是七年後，他們都已經是國二的大孩子了。

那天，品潔代表學校去參加全市的英語演講比賽。剛報到不久，就有一個男孩子走過來，盯著她猛瞧。

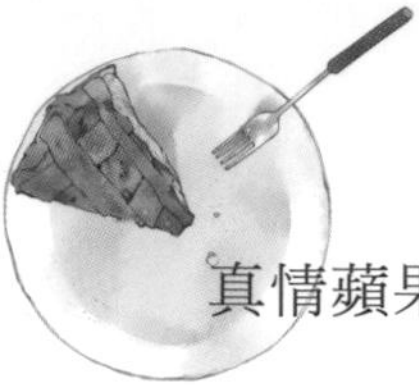

品潔覺得這傢伙真是又奇怪又沒禮貌，正想發火，那人開口了。

「蕭品潔！你怎麼一點也沒變？」

「你是誰呀？」品潔回瞪著對方。

男孩笑了。「我是呂安勝呀，怎麼？難道我變了那麼多？你認不出我了？」

品潔呆呆的看著他——啊，真的看出一點安勝小時候的模樣來了。

「哎呀，真的是你啊！」品潔真是萬分的驚喜。

「真想不到啊，」安勝看起來也很高興，「我剛才看到你的名字就一直在想，曾不會真的是你？」

那天，安勝和品潔都沒有拿到前三名，看起來卻比拿到前三名還

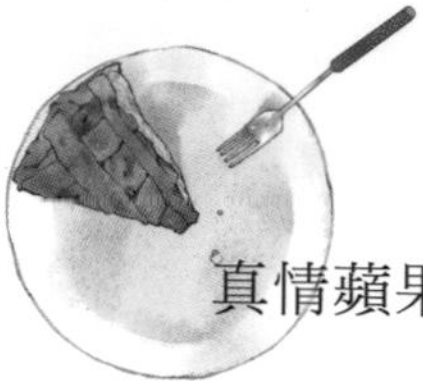

要開心，因為他們又重逢了；這是一件多麼令人高興的事啊！

比賽結束後，兩人互相留下了地址和電話，約定好以後要保持聯繫。

品潔回到家，就開始等安勝的電話。可是等了兩個禮拜，他都沒有打來。

品潔忍不住了，主動打電話過去。

「安勝，你不是說要打電話給我？」

「喔，對不起——最近功課太忙了——」安勝的口氣聽起來有點兒冷淡和支支吾吾，似乎有意敷衍。

品潔的心理老大不痛快，氣悶的想著：「你功課忙？難道我就不忙？」

兩人言不及義閒扯了五分鐘，品潔突然覺得很沒趣，就草草結束兩人的對話。

這天晚上，想到小時候與安勝那麼要好，現在卻如此話不投機，品潔覺得好傷感。傷感之餘，也不免對安勝產生了怨懟，「奇怪，那天的感覺還好啊，講起話來不會這麼沒意思啊——而且，他如果根本不想和我聯絡，又幹麼問我的地址和電話呢？——難道安勝真的變了？變得那麼虛偽？——」

幾天之後，品潔接到了一封安勝的來信，終於恍然大悟。

安勝的信寫得很長，足足寫了兩大張活頁紙。

他說，他是鼓起勇氣才寫這封信的，因為他要告訴品潔，當年他欺騙了她，是他偷走了榕樹下的「寶藏」。他記得當年想要一個機器人玩具想瘋了。拿了「寶藏」回到家不久，其實他就後悔了，而且也想到萬一真買了機器人回來，爸媽問起的話，不知該如何交代，就匆匆又想把「寶藏」埋回去；可是，遠遠的卻已看見品潔哭著和爸媽在挖寶，他嚇得立刻逃回家去。

安勝說，第二天品潔來找他，他故意裝出很驚訝的樣子，為的是要阻止品潔的父母上家裡來盤問；他幾次想向品潔承認一切，懇求品潔原諒，但總說不出口，最後只好乾脆躲著她，那筆「寶藏」也莫名其妙的亂花掉了。

安勝在信中形容自己是個「Bad boy」，一個「liar」……

品潔放下信，奇怪的是，對於這樣的真相並沒有太多的訝異。

「或許在我的潛意識裡，早就贊成爸媽的猜測，只是——我一直不願意承認罷了——」品潔心想。

她也並不生氣。畢竟，當時還那麼小，何況——安勝用很誠懇的口氣告訴她，他真的很高興能夠再見到她，也真的很想與她保持聯繫，可是，如果不先向她坦承「罪行」，得到品潔的原諒，他沒有辦法再坦然面對她……

「你願意原諒我嗎？」安勝在信末這麼問。

品潔幾乎是想都沒想。

「這個大傻瓜！」她立刻跑去打電話。

祕密

意茹回到家的時候，是周日早上十點，全家都在。

「怎麼樣？」媽媽先問：「『睡衣晚會』好不好玩？」

爸爸看看壁上的時鐘，嘉許道：「嗯，很有信用，沒有遲到。」

只有哥哥，故意邪里邪氣的問：「辦過了『睡衣晚會』，什麼時候再辦一個『內衣晚會』呀？」

「哥！」意茹大叫：「你怎麼那麼色！好噁心！」

爸媽也紛紛講了哥哥兩句，要他別那麼不正經，可是他偏偏還要說：「算了，反正你們兩個也發育不良，還是不要辦了，何必互相漏氣咧，哈哈！」

說完，哥就出門打球去了。意茹衝哥的背影大罵：「狗嘴吐不出象牙！討厭鬼！」

「算了，」媽媽說：「天底下的哥哥都是一樣的。以前我小時候被你三個舅舅也是損得好厲害。」

「喔？」爸爸手上還拿著報紙，但仍忍不住插了一句，「他們都怎麼『損』你呀？」

「也是笑我發育不良，說我是什麼『飛機場』啦，『荷包蛋』啦，『四郎真平』啦——」

「什麼是『四郎真平』？」意茹不解。

「就是我們那個時候一個很有名的漫畫人物，重點是——真『平』。」

「這就是代溝啊。」爸爸對意茹說：「我們那個時候呀，講起諸葛四郎、四郎真平，沒人不知道的……」

意茹可沒興趣聽爸爸「講古」，眼看他即將發思古之悠情，馬上打斷道：「大舅舅他們以前也那麼毒？」

意茹一直很喜歡三個舅舅，實在無法想像他們也會這麼——這麼的——狗嘴吐不出象牙！

「所以我說天底下的哥哥都是一樣的嘛，」媽媽說：「而且你哥哥就是喜歡在嘴巴上逗逗你，其實他一直都很照顧你呀，像前兩天突然下雨了，也曉得主動拿傘去找你。」

意茹想想媽媽說得也對，可仍然嘴硬道：「還說呢，那天他拿傘來給我，根本是用丟的，叫了一句『拿去！』就丟過來，嚇死人了，要什麼酷嘛，要是丟到人怎麼辦？我同學都說『你哥哥怎麼那麼粗魯！』害我好沒面子，而且，我最討厭哥講話總是那麼難聽，就像剛才，居然敢笑我跟秀娟是發育不良，簡直過分！」

爸爸在旁聽得大笑。「哈哈！男生在女生面前都容易發神經的啦，因為希望吸引女生的注意嘛，所有公的動物都是這樣的，你看公的孔雀幹麼沒事要開屏呀，還不也就是想吸引母孔雀的注意，想把她帶回家；還有，螢火蟲一閃一閃的發光，好像很漂亮，其實也是一種求偶訊號，每一種螢火蟲發光的顏色和頻率都不太一樣，不同種的螢火蟲是不上床的，所以牠們要藉發光來辨認對方……」

「好了好了，」這回是媽媽打斷爸爸，「別愈扯愈遠了，說到哪裡去了嘛。」

爸爸倒挺能會意，知道媽媽不喜歡在小孩面前講什麼「求偶」、「上床」、「交尾」的事。

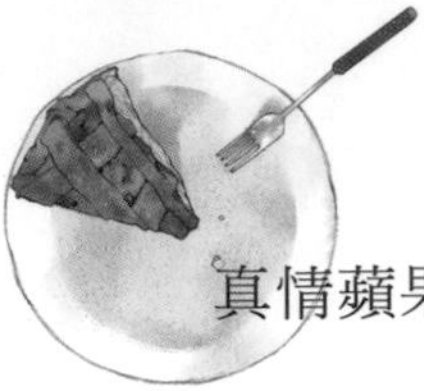

「有什麼關係？」爸爸故作輕鬆的說：「意茹都大了，健康教育也上過了吧！」

「哎呀，就讓上課的時候老師再教她吧。」媽媽還是覺得很不自在，臉都有點紅了。

「好吧，那我說別的好了。」爸爸轉頭對意茹說：「你別擔心，你一定是跟你媽媽一樣，屬於『大器晚成』型，現在在雖然是『四郎真平』，將來照樣會很偉大……」

「你在胡說八道什麼呀！」媽媽不悅的叫起來，趕緊轉移話題問意茹：「你們昨天晚上有沒有鬧到很晚？沒吵到何媽媽吧？」

「我們一直聊天聊到快三點才睡。」說著，意茹就打了個大呵欠，「媽，我想再去睡個回籠覺，中午吃飯的時候再叫我，好不好？」

都是因為討論那兩個祕密，才會搞到三更半夜不睡覺。

是秀娟先開頭的。

「噯，意茹，你有沒有什麼祕密？」

「沒有。」意茹回答得很乾脆。

「真的？我有一個祕密。」

「什麼樣的祕密？」意茹的好奇心被勾起來了。

秀娟用一種神祕兮兮的口氣說：「這真的是我一個天大的祕密，我只告訴你，你絕對不准告訴別人！」

「不會啦，我又不是大嘴巴。」

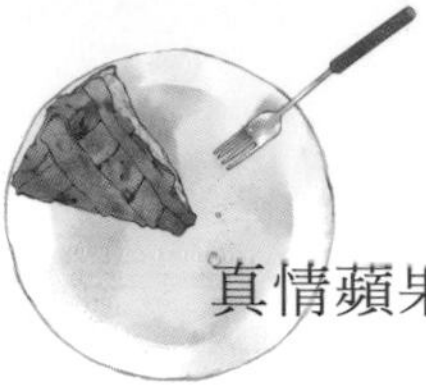

「你發誓？」

「我發誓，」意茹正經八百的說：「要是我洩漏了你的祕密，那就讓我以後考試猜答案的時候，永遠猜不到！」

「嗯，這個誓言夠嚴重的了，好，我告訴你——說了你可不要笑噢，我——我喜

歡李偉平。」

「什麼？」意茹叫起來，「你喜歡那個傢伙？他有什麼好？」

「他怎麼啦？他有哪裡不好？」秀娟的表情明顯的不高興。

意茹警覺到了，馬上改口說：「我只是覺得他——他好臭，總是滿頭大汗。」

「還有人的汗是香的嗎？他喜歡運動嘛，我也是呀，今天早上做清潔的時候，他突然跟我說，他覺得我打排球開球的樣子好酷，你說，他是不是也對我有點意思？」

「那一定是了。」意茹肯定的說。因為別的男生（還有女生）都是批評秀娟開球的樣子「好騷」；她老喜歡把排球丟得老高，然後，腰枝一扭，頭髮一甩，才把球開出去，看起來挺誇張的，尤其是她甩頭髮的樣子，即使是好朋友，意茹也覺得她甩得太刻意了，讓人常不免擔心她會扭到脖子；而李偉平那個傢伙居然認為秀娟開球的樣子「好酷」，這不是擺明了對她有意思嗎？

意茹心想：「原來情人眼裡不僅會『出西施』，還會『出酷妹』呢！」

接下來，兩人就熱烈討論了一番，一直講到秀娟覺得夠痛快了，能講的話也都講得差不多了，秀娟才突然又問意茹：「好啦，現在我都告訴你我的祕密了，你也該告訴我你的祕密了。」

「可是我沒有祕密。」

「我才不信，我媽媽說，每個人都有祕密的。」

「我真的沒有。」

「你這樣就太不夠意思囉，」秀娟擺出一副要指教意茹的樣子，「好朋友本來就是要交換祕密，再互相保守祕密的。」

意茹沉默下來。

「哎呀，看你這個樣子，一定是有祕密，只是不肯告訴我而已，」秀娟一個勁兒的央求，「我們是最要好的朋友呀，難道你不相信我？」

意茹不說，顯然還在做最後的掙扎和考慮。

秀娟又再度進逼——她顯然已決心非要知道意茹的祕密不可——「難道你不認為我們是最要好的朋友？」

這一招果然有效，意茹一聽到這句話就澈底瓦解了；秀娟當然是她最要好的朋友呀，也是她上學期一轉來，第一個交到的朋友……現在，她怎麼能讓好朋友失望？或者讓最要好的朋友誤以為自己不在意她？這實在是太可怕了。

好吧，如果「交換祕密」是好朋友之間一種必要的結盟儀式，她只好妥協了，她萬萬不想失去秀娟這個活潑開朗的好朋友。

「有一件事，也許可以算得上是祕密吧，反正——我從來沒跟我家裡的人說過。」

意茹一開口，秀娟就推她一把，「我就知道！還說什麼沒有祕密，快講！」

這個祕密，其實是意茹內心一個很大的「疑問」。

事情本身其實已經相當模糊了，意茹只記得一些片段的畫面。

應該還是在念幼稚園的時候，彷彿是媽媽帶她和哥哥去一個親戚家喝喜酒，意茹記得那個化妝得像歌仔戲演員的新娘子，還有好多人一桌一桌的圍在大院子裡吃飯……

哥哥不知道跑到哪裡去了，媽媽一直在跟親戚們說話，小小的意茹覺得很無聊，就離開媽媽身邊，想去找哥哥……

前院後院找了半天，都沒看到哥哥。一個叔叔拉住她，蹲下來問了她幾句話，對了，彷彿是問她在找什麼？然後笑著說，他知道哥哥在哪裡，他可以帶她去找哥哥……

在一個暗暗的房間裡，那個叔叔說，看意茹的樣子好像很累，勸她先睡一下，再去找哥哥。小意茹說自己不累，叔叔還是堅持要她躺下來……

叔叔說她的裙子髒了，要她先脫掉……

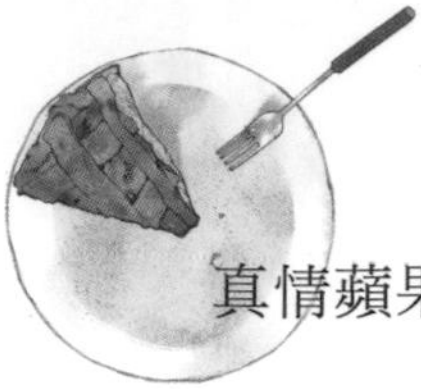

意茹不肯，心裡有種莫名的恐懼，雖然她也搞不清楚究竟在怕什麼？……

先前一直溫溫柔柔、細聲細氣跟她說話的叔叔，忽然沒了耐性，變得很凶，很粗暴，居然動手扯她的衣服，意茹清清楚楚的記得幼稚園的圍兜被他一把就扯掉了；對了，那個時候她一定是在念幼稚園……

「然後呢？」秀娟屏著氣問——這真的是個重量級的祕密。

「說也奇怪，然後我就不記得了，好像然後就是我聽到我哥哥在外面叫我的聲音，我也跟著叫，好像還哭，然後我就跑掉了。」

「那個人呢？他就這樣讓你走了？」

「我不記得了，我真的不記得了，我只記得我跑出去的時候，在門口還踢到一個鋁盆，發出好大的聲音。」

秀娟拍拍意茹，這個動作讓意茹覺得很溫暖，她知道秀娟是在安慰她。

沉默了一會兒，秀娟還是忍不住小心翼翼的問道：「意茹，那個人——他到底有沒有——」

「說真的，我也一直在想這個問題，因為我也很想知道他到底有沒有對我怎麼樣？我真的不記得了，我只記得他有親我的臉，我記得他臉上的鬍渣和身上的汗味……可是其他的我真的不記得了。我常常在想，如果我還能再碰到他，一定要問個清楚，那天到底有沒有怎麼樣？可是我再也沒碰到他。」

「你說你那時候幾歲？」

「大概三、四歲吧，還是五、六歲？我也不確定。」

又是一陣沉默。

「算了，」秀娟安慰意茹道：「不管怎麼樣，過去的事就算了吧！」

秀娟說得那麼誠懇，讓意茹覺得好感動。

「秀娟是對的，」臨睡之前，意茹仍然這麼想著：「好朋友之間的確應該分享祕密。」

她感覺現在和秀娟比以前更要好了。

不過——不知怎的，意茹總覺得有那麼一點點的不安。

「噯，」她推了秀娟一下，「我今天告訴你的事，你千萬不可以告訴別人喔！」

「放心啦，不會的。」秀娟意識矇矓的咕噥了一句，她已經差不多快睡著了。

交心之後，兩個女孩真的愈來愈親近，幾乎一天到晚都膩在一起，分享生活中的喜怒哀樂。

接下來的一個月，秀娟最樂的事，是李偉平約她去打保齡球；本來也有約意茹（大家都知道她們倆是好朋友），但那天剛巧是意茹外婆過八十大壽，意茹得參加家庭聚會，不能自由活動，所以沒去。

儘管還不是「一對一」的單獨約會（老師說，國二還是小孩子，還不宜有單獨約會），可是秀娟已經夠興奮了，更是成天「李偉平如何如何」，意茹有時雖然覺得有點煩，而且她本來也不怎麼欣賞李偉平，但基於支持好朋友的立場，總是盡可能耐心的聽著。

這天早晨，哥哥臨出門前丟給意茹一句話：「噯，放學的時候我去找你，媽媽叫我帶你去吃飯。」

「我不要！」意茹叫著：「我自己會吃。」

「你以為我喜歡跟你一起去吃飯呀？」哥哥斜睨她一眼，「媽媽說你老是吃泡麵，叫我以後她不在的時候都要押著你去吃飯，我才煩死了咧。對了，我可先跟你講好，到時候萬一碰到我的同學，只要是你沒見過的，你一律別出聲，要不然我會給人家笑死，沒搞頭的人才會帶妹妹去吃飯。」

「哼，你想有搞頭也不必損我呀！」意茹簡直快氣呆了。

為了這件事，意茹上學的路上還老在心裡嘟嘟嚷嚷，真倒楣，一大早就亂不順的。

到了學校，一見到秀娟，正想跟她抱怨，秀娟倒先嚷起來：「意茹，我今天好倒楣喔，一大早起來就亂不順的。」

「怎麼啦？」意茹立刻關心的問。

「下午要比賽排球，早上偏偏手扭到了。」

「哎呀，要不要緊？」

秀娟把手甩一甩，又揉一揉，「現在好像好一點了，早上剛扭到的時候真是痛死我了。」

意茹也幫她揉一揉，「小心點喔。我告訴你，我今天也很倒楣，一大早就被我哥哥給氣死了。」

意茹把早上的事說了，然後又跟秀娟一起把哥哥痛罵好幾次。

下午，就在已經放了學，即將舉行排球比賽的時候，發生了一件事。

當時，意茹和杜美惠一起送作業簿去辦公室，途中，杜美惠忽然用一種十分詭異的口氣問她：「劉意茹，有一件事，我一直很想問你。」

「什麼事呀？」

「你——擔不擔心將來結婚以後，要怎麼跟你先生說啊？」

「說什麼呀？」意茹一頭霧水。

「說你早就不是女生了呀！」

「什麼意思？」意茹的背脊湧起一陣涼意，「難道我現在是男生？」

「我當然不是這個意思啦，對不起喔，我知道這是你的私事，可是我實在很好奇——不不，我實在是很關心你，而且，在我認識的人裡面，只有你是已經變成女人了，雖然那個時候你還那麼小——」

「你到底在胡說八道些什麼呀！」意茹激動的叫起來，腳步不自覺的停住了。

杜美惠一愣，「你別生氣，我也是聽林玉梅說的——」

「林玉梅？她說我什麼？」

「說你在很小的時候就被人家『那個』了呀。」杜美惠此刻非常尷尬，也非常惶恐，她原本以為自己和意茹是有點交情才敢當面問她，她完全沒料到意茹的反應竟會如此激烈。

「林玉梅怎麼可以這樣亂講！」意茹的聲調因過分激動都變了。

「啊？她說是周信芳告訴她的。」

「周信芳？周信芳！那周信芳又是聽誰說的？」

「我——我不知道，反正很多人都知道就是了。」杜美惠急著想安慰意茹，「你不要這個樣子，我真的只是關心你才問你，我沒有惡意——」

意茹手上那一疊作業簿再也拿不住，嘩啦嘩啦全掉到了地上，她也不撿，轉身就跑！

她在走廊上找到秀娟，秀娟一看到意茹就嚇了一大跳；她從來沒看過意茹這個樣子，神情之淒厲，簡直像個厲鬼。

「你怎麼了？」秀娟直打哆嗦，她有一種大事不妙的預感。

意茹的聲音抖得不成調，「秀娟——你是不是——把我的——祕密——說出去了？」

「啊！」秀娟一聽，立刻急急忙忙的說：「你別生氣，你聽我解釋，我只告訴李偉平，我還要他鄭重發誓絕對不說出去的，沒想到他居然那麼人嘴，他實在是太可惡了，而且愈傳愈離譜，我最近也聽到了，我還跟他們說，你是我最要好的朋友，他們不可以這樣亂講——」

「秀娟！」意茹已經快哭出來了，「你——你怎麼可以這樣！」

「你別生氣，我真的不是故意的，而且我也只告訴李偉平一個人，不是我在亂傳——」

「你怎麼可以這樣！」意茹尖叫著打斷她，瞪著秀娟的眼神充滿

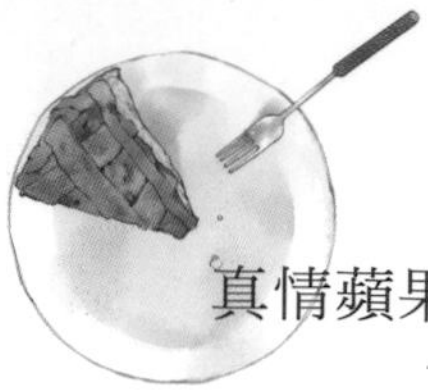

了忿恨！

這就是她最要好的朋友？她竟然被自己最要好的朋友給出賣了！

看意茹已幾近崩潰，周圍又已引起很多同學的側目，秀娟為難的說：「意茹，你不要這樣，我得先去打球了，等球賽結束，我再跟你好好解釋，好不好？」

意茹強忍住即將奪眶而出的淚水，悲憤得已完全說不出話來。她撇下秀娟，衝進教室，把桌上的東西胡亂塞進書包，誰也不看就往外衝。

她希望立刻離開學校，立刻從這個世界消失！

低頭衝了一段，忽然被人一把拉住。「喂，跑那麼快幹麼，不是叫你等我的嗎？」

抬頭一看，是哥哥。

「哥！」意茹再也忍不住，萬般委屈的大哭起來。

「怎麼啦？」哥緊張的問。

意茹好不容易才抽抽噎噎的把事情給說了。

「真的？你小時候碰到過壞人？我怎麼從來都不知道？」哥哥十分詫異。

意茹不答腔，只是哭。

哥哥看著她，心裡當然很明白現在令妹妹這麼傷心的並不是那件事，而是妹妹如此信賴秀娟，卻被秀娟無情的背棄。

這麼一想，哥哥也激動起來。

「媽的，出賣朋友、不講江湖道義的臭三八！」哥哥氣憤的痛罵，「那傢伙現在在哪裡？」

「在操場打排球吧。」意茹懊喪得簡直不想活了。她突然聯想起好多事，怪不得最近她老覺得好多同學看她的樣子都有點怪怪的。

「走！」哥哥抓起意茹的手，「我們去找她算帳！她如果不肯當著大家的面跟你道歉，承認是她在亂講，我就海扁她一頓！我才不管她是女生！」

遠遠的，操場上卻彷彿有一陣騷動。

等他們接近一點，就聽到有人在

說：「何秀娟的脖子扭到了！開球居然會開到歪脖子，真是新聞！」

另外還有人說：「活該嘛，誰教她每次開球都那麼窮騷包，都要來那麼一下。」

接著，意茹和哥哥就看到秀娟被同學攙扶著往保健室的方向走去。秀娟的表情十分痛苦，五官都扭曲在一起，還嚶嚶的哭著，想必一定是痛得很厲害。

「媽的，真是老天有眼！」哥哥說：「今天只好先饒了她吧，等她把脖子修好了，再找她算帳！絕對不能輕易放過她！」

意茹看了哥哥一眼。這是第一次，她對哥哥的「狗嘴吐不出象牙」沒有異議。

199　祕密

國家圖書館出版品預行編目資料

真情蘋果派／管家琪文；左萱圖． --二版． --
台北市：幼獅，2014.04
面； 公分. --（故事館；24）
ISBN 978-957-574-953-8（平裝）

859.6 103003579

·故事館024·

真情蘋果派

作　　者＝管家琪
繪　　者＝左　萱
出 版 者＝幼獅文化事業股份有限公司
發 行 人＝李鍾桂
總 經 理＝王華金
總 編 輯＝林碧琪
總 公 司＝10045台北市重慶南路1段66-1號3樓
電　　話＝(02)2311-2832
傳　　真＝(02)2311-5368
郵政劃撥＝00033368

印　刷＝崇寶彩藝印刷股份有限公司
定　價＝220元
港　幣＝73元
二　版＝2014.04
二　刷＝2019.08
書　號＝987222

幼獅樂讀網
http://www.youth.com.tw
幼獅購物網
http://shopping.youth.com.tw
e-mail:customer@youth.com.tw

行政院新聞局核准登記證局版台業字第0143號

幼獅文化公司／讀者服務卡／

感謝您購買幼獅公司出版的好書！
為提升服務品質與出版更優質的圖書，敬請撥冗填寫後（免貼郵票）擲寄本公司，或傳真（傳真電話02-23115368），我們將參考您的意見、分享您的觀點，出版更多的好書。並不定期提供您相關書訊、活動、特惠專案等。謝謝！

基本資料

姓名：＿＿＿＿＿＿＿＿先生／小姐

婚姻狀況：□已婚 □未婚　職業：□學生 □公教 □上班族 □家管 □其他

出生：民國＿＿＿年＿＿＿月＿＿＿日

電話：（公）＿＿＿（宅）＿＿＿（手機）＿＿＿

e-mail：＿＿＿＿＿＿

聯絡地址：＿＿＿＿＿＿

1.您所購買的書名：**真情蘋果派**

2.您通常以何種方式購書?：□1.書店買書 □2.網路購書 □3.傳真訂購 □4.郵局劃撥
（可複選）□5.幼獅門市 □6.團體訂購 □7.其他

3.您是否曾買過幼獅其他出版品：□是，□1.圖書 □2.幼獅文藝 □3.幼獅少年
□否

4.您從何處得知本書訊息：□1.師長介紹 □2.朋友介紹 □3.幼獅少年雜誌
（可複選）□4.幼獅文藝雜誌 □5.報章雜誌書評介紹＿＿＿報
□6.DM傳單、海報 □7.書店 □8.廣播（　　）
□9.電子報、edm □10.其他＿＿＿

5.您喜歡本書的原因：□1.作者 □2.書名 □3.內容 □4.封面設計 □5.其他

6.您不喜歡本書的原因：□1.作者 □2.書名 □3.內容 □4.封面設計 □5.其他

7.您希望得知的出版訊息：□1.青少年讀物 □2.兒童讀物 □3.親子叢書
□4.教師充電系列 □5.其他

8.您覺得本書的價格：□1.偏高 □2.合理 □3.偏低

9.讀完本書後您覺得：□1.很有收穫 □2.有收穫 □3.收穫不多 □4.沒收穫

10.敬請推薦親友，共同加入我們的閱讀計畫，我們將適時寄送相關書訊，以豐富書香與心靈的空間：

(1)姓名＿＿＿e-mail＿＿＿電話＿＿＿

(2)姓名＿＿＿e-mail＿＿＿電話＿＿＿

(3)姓名＿＿＿e-mail＿＿＿電話＿＿＿

11.您對本書或本公司的建議：

廣　告　回　信
台北郵局登記證
台北廣字第942號

請直接投郵　免貼郵票

10045 台北市重慶南路一段66-1號3樓

幼獅文化事業股份有限公司

請沿虛線對折寄回

客服專線：02-23112832分機208　傳真：02-23115368

e-mail：customer@youth.com.tw

幼獅樂讀網http：//www.youth.com.tw